太陽の男
石原慎太郎伝

INOSE Naoki
猪瀬直樹

中央公論新

太陽の男
石原慎太郎伝

目次

カバー
石原慎太郎氏が高校生時代に
描いた自画像
市立小樽文学館　所蔵

装幀　岩郷重力＋K．N．

太陽の男

石原慎太郎伝

プロローグ——「君が代」と「日の本」

石原慎太郎が歌う国歌・君が代は刃鋼《はがね》のような芯のある声色であった。

「わがひのもとは〜」

東京都庁での何かの式典の折り、ふと気づいた。耳を疑う内容だから。

都庁幹部が壇上に並び、会場には都庁職員が起立し整列していた。式典は滞りなく進み国歌斉唱の場面へと移る。

僕は副知事として隣に立っているので、国歌・君が代を歌う石原慎太郎の声がたまたま聞こえる位置にいた。出だしのフレーズが違う。

「きみがあよおは〜」ではなく「わがひのもとは〜」と聞こえた。どうせ形式的な式典だろうに、と僕は思っている。そんなところにおいてまで意地を通そうとする、これはもう異人というしかない。

「君が代」の歌詞は、十世紀初頭の『古今和歌集』の「詠人知らず」から採用されたもので、祝福を受ける人の長寿を歌ったとされているが、王政復古の明治維新後に「天皇の治世」を奉祝する意味と解され、国歌となり今日に至っている。明治憲法の時代も戦後の新憲法の時代も、その意味ではいわゆる「天皇制」は続いている。

それに対して、「君が代」でなく「我が日の本」を主語にすると、天皇の治世の存続というテーマから、日本列島の風土に生きる同胞の存続に置き換えることになる。たしかにそのほうがあの戦争を挟んで「天皇主権」から「主権在民」へと転換した意味は明瞭になるだろう。

しかし、石原慎太郎のこだわりは、いわゆる新憲法的な解釈ではなく、というよりはそうした型にはまった思考で解き明かすよりも、もう少し個人的なものとして動機を見つめたほうがおもしろい。

石原慎太郎のキャラクターは一言で述べれば「型破り」である。見え方としては短気で怒っている場面や、たびたびの失言・放言など、負の側面でつとに知られてはいる。

それだけなら、単に性格が少しおかしいのではないか、と片づけられて終わってしまうが、そうではないのは根底に「作家」が棲んでいるからであり、内面に潜む衝動と捉えるほうが正しい。

僕が東京都副知事に就任したのは二〇〇七年六月であった。

二〇〇一年に成立した小泉内閣で、小泉純一郎首相から直接依頼されて僕は道路公団改革に専念、四年間を費やして二〇〇五年に道路公団の民営化を実現させた。それで疲れ果て、余計な煩わしい事柄にかかわるのはやめて物書きに専念するつもりでいた。二〇〇七年に安倍晋三首相（第1次安倍政権）から地方分権改革推進委員会で菅義偉総務大臣を支えるよう依頼された。道路公団民営化が実現した大きな理由のひとつと僕が考えている「公開討議」、つまりは意思決定過程を見える化する遺伝子を残しておくべきと思った。ただ道路公団民営化のような苦労を一人で全部背負い込む気はなかった。しかし、またも状況が変わる。

その年の五月、東京都知事として三期目に突入していた石原慎太郎さんから「会いたい」と連絡を受け、二つ返事でOKした。共通の関心事である三島由紀夫のことなどについて語り合うのかと思ったからである。

三島由紀夫が一九七〇年に自決してから二五年目に僕は『ペルソナ　三島由紀夫伝』（1995年、文藝春秋刊）を著わしている。この本は話題になったし、自信作でもあったから、三島由紀夫と交流があった石原さんもそれを読んでいるはずで、ならば話が弾むだろう。石原さんにもいろいろ訊ねてみたいことがあった。

招かれた東京・赤坂の料亭に行ったら、二〇人ぐらい坐れそうな座卓に席が二つだけしかない。「あれ、こんなに広いところに二人ですか。あと数人来るんですよね」と質問したら、石原さんは独特の照れた顔でニヤリとしながらうなずいてから言った。

「いま一〇〇〇メートル、泳いできたところだよ。（ホテル）ニューオータニのプールは一五メートルしかないから、三三回往復しないといけないんだよ」

三三往復×一五メートルで一〇〇〇メートルになる。計算は合っている。

七十四歳で一〇〇〇メートルを泳ぐ。偉いなあ、と素直に感心していた。

そんな隙だらけのところへ、突然、「猪瀬さん、副知事やってくれ」と頭を下げられてしまった。世間では高慢に思われている石原さんが頭を下げてお願いをする。

「小泉さんのお手伝いをしたことは僕の人生の例外でした。僕は作家に専念したい心境です」

いったんは断った。すると、

「作家を辞める必要はない。僕はね、この仕事（知事）を始めてから長編の構想が七本、浮かんだ。いろいろ思いつくものだよ」

身を乗り出すようにして畳みかけられ、答えに窮した。

たしかに発想やそれにともなうモチベーションは、何かで緊張した際にふっと湧くものだ。さすがに作家が作家を口説くには、上手な言い方である。

それから本題の三島由紀夫の話題へと転じたのである。

「猪瀬さん、『ペルソナ』を読んだがじつにおもしろかったなあ。博覧強記だねえ」

「僕も石原さんの『三島由紀夫の日蝕』は、体験者にしかわからない生々しい話がいっぱい盛り込まれていてはらはらしながら読みました」

このあたりはこれから解剖しようと試みる石原慎太郎についての主要なテーマなので、後ほどじっくり論じたい。

石原さんは僕よりもひとつ世代が上で、昔からつねに意識し続けてきた先輩作家だ。そんな先輩作家である石原さんから「副知事をやってくれないか」と頭を下げ頼まれたら、いやとは言えない。こころよく引き受けることにした。


東京都庁など僕にとってもそれまで無縁の世界であった。未開の地である。

建物を真下から仰ぐと、新宿の超高層ビルの頂きは、大道具係がつくった映画の書割のような白い雲と青い空に縁取られている。棒状の建物が「ワタクシは近代の産物です」とわざわざ主張しているような、芸のない姿だから空まで間が抜けて見えてしまう。

太宰治は『富嶽百景』で「富士には月見草がよく似合う」と書いた。峠の茶屋で「富士なんか、あんな俗な山、見度くもない」「ほていさまの置物」とぶつくさ言っていたが、ふと路傍に咲く鮮やかな黄金色の月見草に気づいて、「けなげにすっくと立っていたあの月見草は、よかった」と思い直す。すると「月の在る夜は富士が青白く、水の精みたいな姿で立っている」ことに気づくのである。

ならば巨大な垂直の長方形の無機質で虚無的な物体には、何が似合うのだろう。この大きなハコは、朝方になると夥しい勤め人の波がうねりとなって押し寄せ、夜になると逆の波が放たれて外へ散り、やがてがらんどうになる。重力から解き放たれると、ふっと空中に浮かばないともかぎらない。自分の仕事について根本から疑い出すときりがないが、あらかじめ疑う範囲を限定しておけばおくほど長く勤められる世界、大きな村役場というべきであろうか。

さて、すべてを疑うのが作家である。だが自分自身を疑うだけでは、疑ったことにはならない。自分と無縁と思われる「近代の産物」（もちろん建物だけではない。官僚機構のシステムもだ）を抱え込みながら、自分自身を疑わなければいけないのである。

東京都新宿区西新宿二丁目八番一号、東京都庁。

丹下健三設計の四八階建ての第一本庁舎は三三階のところで角が垂直に二本立つかたちで分離している。

僕の仕事場のある西麻布とまったく対照的な風景ではないか。西麻布は、隣にある夜の街・六本木の喧噪も聞こえて来ない。都心のビルの谷間にあり、看板を支えているつっかえ棒のある裏側から見ているような、あるいは森のなかの湖から外を眺めるような、沈んだ落ち着きがある。

そして……。突然、二〇〇七年六月から、新宿へ毎日通う生活がはじまった。夜は西麻布で執筆活動をつづけているとはいえ、かなりの時間を新宿西口の高層ビルのなかで費やさざるを得ない。

西麻布で世界を考えるだけでなく、新宿の都庁で考えればたしかに複眼的な視点も加わる。坐ったり立ったり向きを変えたりするだけでも、ひらめくことがある。一万人がはたらいている職場にはそれなりの臨場感がある。

ところが不思議なことがあった。副知事になったばかりのころ、ものめずらしさで、このビルには何人がはたらいているのかと質問すると、みな答えが違うのである。二万人。いや一万五〇〇〇人。四万人です、と答えた人はさすがに隣の人から、それは東京都職員全員の数だろ、と訂正されていた。だから僕が訊きたいのは、いわば本社にあたるこの新宿の高層ビルにいる人の数ですよ、とまた質問をし直す。すると一万八〇〇〇人。いや一万三〇〇〇人だろう、とまちまちの答えが返ってくるのだ。

正確なデータを総務局人事部調査課に確認した。八七一一人だった。非常勤職員の三五二人を加えて九〇六三人である。周りの人たちの答えた数字より少ない。

東京都職員と呼ばれる人は、じつにその数、一六万五〇〇〇人。うち学校の先生が六万二〇〇〇人、警視庁に勤めるお巡りさんたちが四万五〇〇〇人、東京消防庁に一万八〇〇〇人、合わせて一二万五〇〇〇人である。残りが行政を直接担っている都庁職員で約四万人。うち新宿の高層ビルにいる人が九〇〇〇人。残り三万人は都税事務所や福祉施設や都立病院など都内各地ではたらいているのだ。

東京都庁は昔から伏魔殿と呼ばれた。そんな形容詞でいかにもおどろおどろしく語るだけなら、何も説明したことにはならない。実際にそのなかで仕事をしてみると、ひときわ思いは強くなる。

この高層ビルの七階に都知事の執務室がある。同時に七階は儀礼的な空間でもあり、海外の政府高官や大使なども訪れる。

本題に入る前に、もう少し、型破りな常識にこだわらない石原慎太郎とのエピソードを記しておこうか。

ある日、忙しい仕事の合間に、一瞬、余白の時間ができたときだ。都知事執務室のある七階のフロアーは賓客が訪れる空間でもあり、天井が高くて広い会議室が幾つも備わっている。ふだんほとんど使われていない。

「猪瀬さん、テニスをやろう」

何を突然、言い出すのかといぶかった。

「ここには無駄な部屋が幾つもあるんだ」

それはわかる。無駄なのは部屋ばかりではない。建物そのものも人の数だってすべてが過剰なのだ。

「室内で？」

「そうだよ」

七階の会議室のひとつはちょうどテニスコートと同じぐらいの広さがあり、そこで突然、テニスを始めることになった。

会議室の真ん中あたり、両端に椅子を置き、荷造り用のビニール紐を椅子にくくりつけてネットの高さにすれば即席のテニスコートに早変わりである。四方は壁に囲まれておりガラス類はない。天井も高いからロブも打ち上げられる。

僕はスタイルは不格好だが強めに球を打てるし、前後左右に運ぶ足の動きはそれなりに敏捷《びんしょう》のつもりである。石原さんのテニスはフォームがとてもきれいだ。ただ脚力はやや衰えており、咄嗟の一歩が〇・一秒ぐらい遅れるところがある。コーナーを狙うと球に追いつかず、くやしそうな視線で逃げた球を振り返っている。

一時間余り、闘志剝《む》き出しの一歩も引けぬ戦いだ。激しい球の応酬でじっとり汗が滲んだ。もちろん、すぐに仕事は再開である。アタマもカラダもリフレッシュして仕事は捗《はかど》った。つまらない規則に縛られるよりも、仕事は中身で勝負だから。

東京のど真ん中の高層ビルで都知事と副知事がテニスをするなど誰が想像できよう。常識などクソ喰らえだ、と思わないとすべてが無難に無難にとことが運ばれる官僚機構の風土にからめとられてしまう。気合のようなものだ。

僕が六十五歳にして初めて東京マラソンに挑戦すべく、毎日ランニングをしていると話したら、自分も頑張らなければいけないと思ったのか、あるいは対抗心なのか、両足に一キログラムの鉄アレイ（アンクルウエイト）をつけて一階から七階までエレベータを使わずに階段を昇ると言い張った。

「どうせ、三日坊主でしょ」

僕の言い方がせせら笑うような口調に聞こえたかもしれない。

しかし、石原さんは少なくとも三カ月ぐらいは実行したのである。

僕はその後、石原さんの鉄アレイに競うようにして東京マラソンにチャレンジした。ランニングを始めてわずか一年半足らずでの無謀な挑戦だから「やめたほうがいい」と周りから心配されたが、僕は夢中なので聞く耳を持たない。ふつうに考えればリスクは少なくなかっただろう。

ランナーには七時間以内という時間制限が課せられている。五キロごとに関門があり、タイムオーバーの場合はピーッと笛が鳴り道路に荒縄が張られてとおせんぼとなる。走りながら路地を眺めやるとそこに「はとバス」が待機している。収容されるのである。ランナーにとっては屈辱の瞬間となる。五キロごとに道路を開放することで交通が再開されるのだから仕方がない。

何としてもはとバスに乗せられる落伍者にはなりたくない。

石原慎太郎は社会学者・森元孝（『石原慎太郎の社会現象学』著者）との対談でこう述べている（『ユリイカ』２０１6年5月号）。

「僕は東京マラソンを設置したけれど、誰がいちばんで走るかなんてぜんぜん興味ないんだ。遅いランナーは七時間経つと後ろからバスがきて強制的に収容してしまうんですよ。ゴールで待ち受けていると、それに追いつかれまいとヘトヘトになってとにかく七時間を切ってたどり着いた連中が着替え場にくるんです。自分の着替えを（ボランティアに）送ってもらっていてそれを選んで、みんな足湯に浸かって息をつきながら泣いている。あれは見ていて感動的ですね。僕が『よかったな』と言うと、涙を浮かべて『石原さん、ありがとうございました』って、『君、俺なんかに礼を言うな。自分に礼を言えよ』って言ったけれども、あの気持ちはわかる。マラソンを走った人にしかわからない達成感があるんだ。ただたどしい足取りで七時間をようやく切ってたどり着いた人間たちの美しさ、清涼感というのにはとても共感する。マラソンじゃなかったら見られない光景ですよね。死ぬときにはああいうふうに満足して死にたいなと思いますね」

僕はどうにかバスに収容されずに、三五キロ地点の関門を無事通過してふらふらになりながら四二・一九五キロを完走、六時間四〇分でゴールインした。

ビッグサイトのゲートで僕のゴールを見届けたベンチコート姿の石原さんの眼には涙が滲んでいた。

「猪瀬さん、死なないでよかった」

本気で心配していたのだ。短気でありながら素直、いやそう形容するよりもチャレンジすることへの共感力が湧出したのだと思う。

第1章　敗戦の子

「われわれは何かによって規定されているでしょう。これは運命ですね。日本に生まれちゃった。あるいは石原さんのようにブルジョアの家庭に生まれちゃった」

石原慎太郎と三島由紀夫は何度も対談をしている。一九七〇年十一月二十五日の三島自決のほぼ一年前、月刊誌（「月刊ペン」１９６９年11月号、『三島由紀夫　石原慎太郎　全対話』所収）の対談、三島四十四歳、石原三十七歳の折である。三島由紀夫は石原に対してこんな言い方をした。

石原はこの発言に対して、即座に「ブルジョアの家庭」を否定した。

「ぼく？　とんでもない。あなたと違って私はたたき上げですからね（笑）」

石原のイメージは、湘南海岸の裕福な家庭に育ち、子どものころからヨットを与えられ、欲望の赴くまま『太陽の季節』の主人公のように美しい女性と放埒な青春を過ごしてきた、というもので三島も先入観にとらわれ、そう信じて疑わなかった。

いっぽうの三島由紀夫は自らのアイデンティティを、十九歳で戦時中に刊行した処女作『花ざかりの森』のなかで、あたかも貴族の末裔のように夢想している。しかし、三島青年の青春は、少なくとも二十四歳で『仮面の告白』を刊行して評判を得るまでは、拙著『ペルソナ　三島由紀夫伝』で詳細に記したが、樺太庁長官の地位を贈収賄事件に巻き込まれ失脚した祖父の借金があり、うだつのあがらない官僚だった父親の下での借家住まい、決して経済的に恵まれたものではなかった。

五木寛之もまた先入観にとらわれ石原慎太郎を「ブルジョアの家庭」であると信じていた。三島との対談よりずっとのちのことになるが、「文藝春秋」（1999年6月号）の対談でこう述べている。

「ご当人を前にして言うのもなんだけど、石原慎太郎のデビューというのは、僕ら当時の大学生にとって、衝撃的な事件でした。しかも、まったく自分たちと世界の違う話です。僕らがバイトに明け暮れて血を売ったりしていた頃に、片やヨットの話ですから（笑）」

偶然だが五木寛之の誕生日は、石原慎太郎と同年同月同日、昭和七年（1932年）九月三十日であり、だからこそ境遇が一八〇度違う、その落差に五木は運命的なものを感じている。福岡に生まれた五木は生後まもなく朝鮮半島に渡り、終戦時にソ連軍進駐の混乱のなかで母親を亡くし、その二年後に命からがら引き揚げてきた。そういう境遇からみれば、石原は「自分たちと世界が違う」と思うのである。

いま昭和七年九月三十日生まれ、と記したが、満洲事変勃発の翌年である。石原慎太郎は山下汽船に勤務する父・潔と母・光子の長男として神戸市須磨区に生まれた。二年後の十二月二十八日に弟・裕次郎が生まれている。

石原潔は創業者山下亀三郎の遠戚にあたり、十四歳で山下汽船に入社のたたき上げで、いわば丁稚のような身分「店童」と呼ばれていた。石原兄弟が生まれたとき潔は神戸支店に勤務していた。しっかりとした体格でインド人と間違われたこともある色黒の目鼻だちが濃い顔であった。恰幅がよく体重は一〇〇キロに迫っており、高血圧の持病を抱えている。豪放磊落《らいらく》な性格で気前もよく、酒豪だった。そのため会社のおカネを使い込んでしまったこともあり要注意人物としても見られていた。

潔の神戸支店勤務時代に石原兄弟の母親となる光子と見合い結婚している。光子はのちに『おばあちゃんの教育論』で「私は育ったところが神戸で、家があの風見鶏の西洋館のすぐ近くでしたから、幼いときからハイカラな雰囲気の中で生活をしていたものです」と述べている。画家志望だったとも付け加えていた。絵心があり成績優秀な慎太郎の性格は母親似、不良少年タイプの裕次郎は父親似ととらえている。

山下汽船は小樽に出張所があり、その出張所の主任として赴任した。一年後に出張所長に就いている。日本郵船や商船三井などの財閥系ではない新興勢力の山下汽船は、戦争の拡大により急成長していた。船舶輸送は好景気に沸いていた。

父親・石原潔について石原慎太郎著『弟』に詳しく述べられているが、少し誇張があるようだ。小樽支店に赴任した、とあるがすでに述べたように実際には小樽出張所であり、赴任した際の肩書は主任であり翌年に出張所長となるが、支店長ではない。それでも港町の小樽はいまは道都・札幌に較べるべくもなく寂れているが、当時は北海道の玄関口として繁栄していた。官庁の都市札幌に対して小樽は北海道一の商都で、東京の銀行の支店は札幌でなく小樽にあった。出張所が支店に昇格するのは東京へ戻る一年前、昭和十七年（1942年）であり、まず支店長心得になり、支店長就任は転勤のほんの二カ月前という短い期間だった。

小樽に「海陽亭」という老舗の料亭があった。その大広間での毎夜の宴会が父親の仕事のようであり、その女将との噂が母親との折々のいさかいのもととして慎太郎の記憶に残っている。

昭和十八年二月、潔は山下汽船の東京支店副長になり、石原兄弟には二度目の引越しとなった。潔・四十三歳、光子三十三歳、慎太郎は小学校五年生、裕次郎三年生である。引越し先は都内ではなく、神奈川県三浦郡逗子町だった。

こうして多感な思春期を湘南海岸で過ごすことで石原兄弟の物語がやがて開花するのだ。日本の敗戦という〝大地震〟を挟みながら。

「逗子での住まいは社長の別荘をそのまま借りるという贅沢なものだったが、なによりも、徳冨蘆花が『自然と人生』に描いた湘南の、北海道に比べればなんとも優しく雅《みやび》な風物に目を見張る思いだった。中学に通い出してから知らされたが、家のすぐ近くに蘆花の逗留した『柳屋』という小さな宿があり、教科書にも載っていた文章にある通り、その庭先には西風の折には天を摩して鳴る大きな樅《もみ》の木もあった。

その前を流れる田越川には橋から覗いて糸を垂らせばそのまま釣れてくるハゼや鰻、川床には大きな牡蠣《かき》が並び、水が引けばそのまま摘んで干して食べられる石蓴《あおさ》が一面だった」(『弟』)

柔らかな陽差し、きらめき揺れる水面、そよぐ風に送られてくる潮の香り。北海道の港町で眺めた荒涼とした世界とは異なるそんな湘南の風物につつまれ、少年期の石原兄弟は平穏な季節を迎えるはずだった。

だが翌昭和十九年、戦況が著しく悪化する。サイパン島も陥落して本土への空襲が可能となると東條英機内閣が倒れ、小磯國昭内閣になり、翌二十年四月には小磯内閣も崩壊し、鈴木貫太郎内閣へ代わった。Ｂ29が各地の都市へ空襲を繰り返しているにもかかわらず、戦争の終結に向けた有効な手立てが打たれることはなかった。

警備保障会社のセコム創業者飯田亮《まこと》は、石原慎太郎と同級生である。セコムは昭和三十年代に創業したが、それまで守衛や宿直任せだった旧来型の警備をアウトソーシングさせるきっかけになり、高度経済成長の波に乗って急成長する。警備保障会社はガードマンという造語で人気テレビドラマにもなった。少し軽はずみでありながら屈託のない欧米のニュービジネスに惹かれる未来志向の若い起業家にも、古い文壇の殻を破って「太陽の季節」とともに登場した石原慎太郎にも共通の湘南の気風が漂っていたと思う。

飯田少年が神奈川県葉山の森戸海水浴場の近くの別荘に移ったのは、この年の三月。疎開先の埼玉県秩父の名栗村（現・飯能市）から転居したばかりだが、湘南中学（旧制）の受験に間に合った。受験番号はどんじりの552番だった。

父親の紋治郎は日本橋馬喰町で酒問屋・岡永商店を営んでいたが二月二十五日の空襲で焼け出されたため、やむなく生活の場を別荘のある葉山町へ移したのである。

藤沢市にあった神奈川県立の湘南中学には伝統があった。そのころではめずらしい水泳プールがあっただけでなく海軍士官も数多く輩出している。湘南中学からエリート将校として出世コースの海軍兵学校、海軍機関学校へ進学する生徒が多いことは知られていた。

飯田少年も石原少年も湘南中学を目指した。

石原慎太郎は晩年にこう回想している。

「小学校六年生にもなれば進学先を決めることになる。私の希望は県随一の湘南中学と決めていた。湘南は憧れの海軍兵学校への登竜門で学校には海軍の高級軍人の子弟も多く、海兵にはいって上級生から出身校をとわれて湘南とこたえると一目おかれる有様だった。それに備えて六年生の三学期に面接のリハーサルがおこなわれた。

居並ぶ先生たちの前でまずあたえられた番号を唱え、次に質問で将来何になりたいかきかれた。私が即座に『外交官です』と答えたら先生たちが困惑して私をさしおいて相談したあげく、外交官も立派な仕事だが、やはり湘南は海兵につながる名門校だから、本番には必ず海軍士官と答えておけ、と言われてもう一度やりなおさせられたものだった。だから本番でも正面の赤木校長に向かって胸を張り大声で『将来の希望は海軍士官でありま す』と答えたら校長が嬉しそうに頷いたので、大人なんてちょろいものだなとつくづく思ったものだ」（「僕たちの時代」、「文學界」２０２０年６月号）

湘南中学は鬼畜米英の戦時下であっても、当時では珍しく英語の授業が行われていた。昭和初期から全国中等学校英語雄弁大会に優勝するなどの実績があった。海軍兵学校の予備校と言われていたぐらいだから、当然といえば当然、それだけでなく自由の空気は、名門たるゆえんである。

しかし、非常時であった。飯田少年は通学時には鎌を持参した。人手が足りない農家の麦刈りを手伝わされた。茅ヶ崎や平塚の海岸は、千葉県の九十九里海岸同様に米軍の上陸地点と想定されていたので砲台造りにも動員された。砲台造りといっても実際の組み立てではなく、材料となる杉材の皮剝ぎ、朝から晩まで杉の皮をむく作業である。

逗子駅へ歩くうちに、途中から同じ方角へ合流する背の高い少年と知り合った。彼も同じ湘南中学の新入生だった。逗子駅で列車を待っている間にその少年石原慎太郎と言葉を交わすようになり、帰路に逗子の石原の家に立ち寄ることもあった。

このころは毎日毎晩のように警戒警報・空襲警報が鳴り響いた。海軍の厚木基地が近かったせいでもある。空襲警報が鳴ると授業は中止、帰宅を命じられそそくさと帰路についた。遊び盛りの少年たちにとっては帰宅を促す空襲警報だけなら大歓迎だった。だが機銃掃射に遭ってみると、戦争は死に直結するものなのだと実感する。

石原慎太郎は機銃掃射の瞬間を鮮明に記憶している。数カ月後に自分たちの上に君臨することになるアメリカを初めて見た瞬間でもあった。

「警戒警報が空襲警報に変わって鳴ったか鳴らぬかのうちに、渡りかけていた麦畑の真ん中で突然背後から爆音が轟き、思いがけなくも、日頃写真では見ていたが初めて目にする敵機が超低空で飛んでくるのを見た。それは今まで遠く高くに仰いでいたＢ29とは違って、猟犬のように剽悍《ひょうかん》な艦載機だった」（『わが人生の時の時』）

少年たちは散らばって麦の畝の間に身を投げ、突っ伏した。

「次の瞬間爆音は背中に響いて、私たちを発見するのが遅すぎた敵機は前方の薩摩芋《さつまいも》畑に掃射の銃弾をばらまいて頭上を過ぎた。その瞬間私は怖いものみたさというより、それが責務であったかのように我が身に強いて敵の姿を確かめるべく身を起こして今自分を襲って過ぎたものを目で追った。そして旋回して急上昇しようとしている敵機の胴体に描かれたどぎつい極彩色《ごくさいしき》のなにやらの漫画を見届けたのだ。その印象の強烈さを今でも覚えている。あれは世界から隔絶されながら闘っていたこの国に突然もたらされたまさに異文化の象徴だった」（同前）

五木寛之も石原慎太郎も昭和七年生まれ、と先に記したが、ここでもう一人、昭和七年生まれの人物を登場させておきたい。文芸評論家・江藤淳である。

江藤淳は昭和十六年に大久保・百人町から鎌倉の極楽寺の義祖父の家に越してきた。戸山小学校で病弱のために一年休学していたので昭和二十一年に湘南中学に入り慎太郎と交遊を結ぶことになるが、このころには空襲警報が頻繁に鳴り、由比ヶ浜の国民学校への江ノ電通学はなくなり、集団下校になっている。極楽寺の切り通しで、米軍機に遭遇した。「とっさにみんなに『右側に伏せろ』と叫んで、私も一年生の子どもの上に被さるようにして伏せたのです。すると道の左側にダダダッと機銃弾が撃ちこまれた。もし左側に伏せていたらやられたわけで、九死に一生を得た」（石原慎太郎・江藤淳『断固「NO」と言える日本』）という体験を記している。

Ｂ29の東京への爆撃は昭和十九年十一月から始まり、当初は無差別爆撃ではなく軍需工場を狙ったものだった。昼間の明るい時間帯に、高射砲の弾が届かない上空から目標を爆撃した。だが強風にあおられ、燃料消費量が増して編隊がばらばらになりやすい。ピンポイントで軍需工場を狙ったが命中率は低くそれほど損害を与えられない。

昭和二十年一月九日の例ではＢ29の七二機の編隊で東京郊外の軍需工場へ向かったが、爆撃に成功したのは一八機のみで、しかも倉庫一棟を破壊したにすぎず、六機を失っている。飯田少年の実家、日本橋馬喰町の岡永商店が燃えたのは二月二十五日の空襲だったと書いた。Ｂ29が一七二機の大編隊で上空に現れたのは午後二時、昼間だった。雪が舞い、雲の上から焼夷弾を投下したが日本橋区の被害は比較的小さかった。

米軍はこうした経験からピンポイントの精密爆撃を止め、夜間の低空飛行での民間人をも巻き込む無差別絨毯爆撃、焼夷弾で一帯を火の海にする作戦へとエスカレートしていく。

それが一〇万人が焼死した三月十日の東京大空襲であった。

大型焼夷弾は、ゼリー状の油脂をガーゼの袋に入れ細い金属筒に詰め、その金属筒三八個を束ねたもので、Ｂ29一機でそれを八〇個も搭載する。焼夷弾が投下されると上空七〇〇メートルで破裂し、三八個の金属筒がばらまかれる。金属筒には麻のリボンが尾翼がわりに取り付けられており、破裂と同時にリボンに火がついて落下してくるので夜空は光の雨が降ったように見える。金属筒の一本一本が転がり、油脂が家屋の壁や天井にくっついて激しく燃えるのである。

三月十日の大空襲は、夜間に超低空で侵入して絨毯爆撃で徹底的に燃やしてしまう、巨大な放火に等しい作戦だった。三〇〇機にのぼるＢ29が空を覆い尽くし、夜空にサーチライトが何本も交叉して超低空のＢ29が獲物として照らしだされる。高射砲弾が破裂し撃墜されるＢ29の炸裂音が火の海に響いた。だが、撃墜されたＢ29は一四機に過ぎず、米軍にとっては〝効率的〟な空襲だった。

この日の大空襲の焼死者は一〇万人、罹災者は一〇〇万人、ヒロシマの原爆に匹敵する。

飯田少年にとって、二月二十五日の空襲で日本橋馬喰町の岡永商店が焼け落ちて父親紋治郎が葉山に疎開したのは、ある意味で幸運だった。二月二十五日の空襲の死者は一九五人、「日本橋区では本町、室町、小伝馬町、横山町、馬喰町に爆弾焼夷弾落下、死者なし、全壊69戸半壊50戸、罹災者1000程度なり」(帝都防空本部情報)で済んでいる。三月十日の空襲なら逃げ場を失っていた可能性が高い。

警戒警報・空襲警報を繰り返して湘南海岸も夏が近づいてきた。しばしばB29の大編隊が頭上を通り過ぎていったが、それは東京や横浜を空襲するためであった。ところが七月十六日の深夜から十七日未明にかけ、湘南中学のある藤沢市の隣、人口わずか五万四〇〇〇人の平塚市にB29の大編隊が来襲した。一万戸の住宅のうち八割が焼失した。

照明弾が市街の全域を照らして、次いで焼夷弾が落ちていく。対岸の葉山や逗子から、平塚の空が真っ赤に燃え上がる、息をのむような光景が見えた。

平塚の空襲は、海軍火薬廠など軍事施設を狙ったものだが、米軍の本土上陸作戦のために行われたとも推量された。千葉県の九十九里海岸と、湘南海岸が上陸地点に想定されていた。九十九里海岸には砂浜以外に何もないが、湘南海岸の住宅や工場などの遮蔽物は上陸作戦の際に反攻の拠点とされるから徹底破壊したのだ。終戦の一カ月前であった。

中学一年の飯田少年は、八月十五日の玉音放送は葉山の家で聴いた。ピーピーガーガーと雑音が入り何を言っているのかわからないので、海へ向かう道端にある拡声器のそばまで行った。雑音は変わらなかったが負けたことはわかった。

石原少年は、戦いに敗れた無念さはまだそのときには感じておらず、「遊泳禁止」にされていた夏の海が自分たちに戻ってきた、その解放感に浸っていた。

「茅ヶ崎海岸での塹壕掘り勤労動員から突然帰宅させられ、家のラジオで終戦の詔勅を聞きましたが、中学一年生では戦いに敗れたという無念さも、改めての危機感も余りありませんでした。それより何より、それまでの米軍の上陸に備えて軍隊に占領され遊泳を禁止されていた夏の海が再び私たちのために戻って来て、たまらない解放感があったのを鮮明に覚えています」（「文藝春秋」１９８１年12月号）と開戦特集のアンケートに答えているように、解放感は彼方に拡がる海の眩しさと一体のものであった。

その夜、灯火管制が解除になり、電灯を覆っていた布を取り払うと部屋がパッと明るくなった。未知の戦後が始まったのである。


石原慎太郎が「太陽の季節」で芥川賞を受賞して一躍時代の寵児になるのは、「経済白書」が「もはや戦後ではない」と宣言した昭和三十一年（１９５６年）である。『太陽の季節』は芥川賞受賞からわずか四カ月後に映画館で上映された。「慎太郎刈り」に「アロハシャツ」に「サングラス」が流行して、若者風俗をリードすることになり「太陽族」が流行語になった。翌年の新潮文庫解説で文芸評論家奥野健男は「大人たちからは、ひんしゅくと好奇心で、同時代の青年たちからは、共感と羨望で迎えられた」と記した。

「太陽の季節」でその辺の不良少年たちには手が届きにくい「ヨット」が主役になっているところは「羨望」の重要な要素であった。

敗戦の日から十年間につまり石原少年が石原青年になるまでに何があったのかを振り返っておこう。本人が「ブルジョアの家庭」を否定しているのはなぜか。作家としてのモチベーションが育まれた要素を分解しながら見つめていきたい。

一つは敗戦をどう噛みしめたのか、である。

石原慎太郎は『弟』をはじめ、折々に回想録的な文章を残しているが、亡くなる二年前に発表したものが、贅肉が削がれて客観性があり心情を比較的にたんたんと伝えている。二〇二〇年の「文學界」六月号に発表した「僕たちの時代」は、「七十代の後半、肉体的に老いを感じだした頃思い立ち世の中に出てからの半生を洗いざらい書いて残すことにした。思い返して見れば私の今までの生きざまは幸運や過ちを織り成したかなり変わったものだったと思う」という書き出しで、「私が世にでてからの発言や特に政治家になってからの言動は実は戦争の渦中にあった少年時代の体験に根差していることにあらためて気付き以前の書き物の序章として構えるべきと思い遅まきながらこれを書き残した」と断っている。

冒頭で「例えばあの忌まわしい戦争とその後の混乱の中での屈辱の体験等々」が現れる

前に、最初の天皇体験が綴られていた。

「（国技館の相撲見物の）帰り道都電が宮城の前にさしかかった時、お客の全員が立ち上がり恭しく頭を下げる。そうしたらすわっていた私たち兄弟の頭を父が小突いて立ち上がらせ頭を下げさせた。私が訳を質したら父があそこに天皇陛下がおられるという。私が目を凝らして眺めてもそれらしき人はみられず父に質したら現人神の天皇はめったにみられるものでなしに、あの奥に鎮座されていると言う。天皇は神様なのだと改めて言う父に、天皇が神様ならば宮城には便所などないのかと私が本気で質したらまた叱られたものだが子供の幼稚な質問に何人かの人が笑ってくれた」

こうした天皇への違和感は、敗戦後に嫌悪感へと変わるのである。

石原少年は敗戦で遊泳禁止が解かれたことに喜ぶが、クリーニング屋の配達員から「アメリカ軍が上陸してくるが、その時は本土決戦で女も子供も全員死ぬのだ」と聞かされ、自分だけでなく両親も弟もこの世から消えてしまう、それがどんな事態なのか懸命に考えようとしたが、わけがわからなくなるばかりであった。

湘南海岸から沖合を眺めると相模湾にアメリカの大艦隊が忽然として姿を現した。洋上には六〇隻もの大型艦船が出現した。その偉容は海を塞ぎ水平線も見えぬほどで圧倒されたが、海岸に塹壕のタコツボを掘っていた日本兵がいなくなりむしろ気分は晴れた。

屈辱を感じたのは、逗子の郊外にあった日本軍の大火薬庫の管理に乗込んできたアメリカ兵を満載したトラックの地響きたてて走る姿にだった。中古のヨタヨタ走る日本軍のトラックにくらべて巨大でむしろ戦車を思わせた。

ラジオから風刺コントで活躍していた三木トリロー（鶏郎）の率いるグループ演じる『冗談音楽』という番組の「南の風が消えちゃった、焼け跡寒いその後に建てた我が家はトタン張り、ああ寒いよこの冬焚くものがなんにもない」が聞えてきた。敗戦による侘しさをかきたてた。

逗子の街を流れる田越川の畔にあった海軍士官たちの交流拠点・水交社の建物は、米兵たちの売春宿に転じていた。戦死した将校の遺骨の家族への伝達式に使われていた建物の前の路上で昼間から半裸の女たちが黒人兵たちとふざけちらしている始末だった。

石原少年の屈辱感は、ついに他人事ではなくなった。

「そんな頃の九月のある暑い日下校し駅から歩いて帰る途中の商店街の通りを若いアメリカ兵が二人アイスキャンデーをしゃぶりながら大手をふってあるいてきた。町の人たちは遠慮をして店の軒先に身をよせて見守っていたが、それをいい気にして彼等は胸をはり歩いて来る。小癪に思った私は彼等に倣《なら》って道の真ん中を構わず歩いて行きすれちがったが、その瞬間相手の一人が手にしていたアイスキャンデーで私の頬をなぐりつけた。手にしていた物の氷が割れて散っただけだったがそれを見ていた人たちは固唾を飲んだようだ。翌日の登校時にいつもの電車に乗ろうとした私に通勤のおじさんたちが心配して声をかけてくれた。私がアメリカ兵に殴られ大怪我をしたとまで噂が広まっていた」（同前）

しかし、ことはこれでは収まらなかった。しばらくして湘南中学の教職員室に呼び出され、叱責された。

「なんで馬鹿なことをする、学校に迷惑がかかったらどうするのだ」

「あなたたちは去年までは国のために闘って立派に死ねと教えていたではないか」

と言い返した。復員帰りの先生が割って入り、石原少年の肩を抱いてたしなめた。

「戦に負けるというのはこういうことなんだよ、我慢して耐えろ」

横須賀線には米軍専用車があり敗戦国の人民が乗る車両と分けられていた。学校の帰路に大船駅のホームに降り立つと、専用車に乗っていたアメリカ兵が窓からチョコレートやガムを投げて与えている。敗戦国の人民はあさましくそれを拾ったが、石原少年はだまって眺めていた。ある男が後ろめたそうに手にしていたチョコレートを半分に折って押しつけた。それを手にしたまま駅を出ていつもの道を回り道して人気のない所まできて回りを確かめ手にしていたものをそっと口にしてみた。それは鮮烈に甘く口の中でとろけていった。その瞬間突然に甦ったのは、死地に赴く従兄弟に母光子がつくった塩味のおはぎの味だった。

戦勝国のアメリカ兵は裕福であり、敗戦国の人民は飢えていた。チョコレートはその落差の象徴である。

食糧メーデー事件が起きたのは翌昭和二十一年五月だった。食糧の配給が滞り、闇市では価格が暴騰していた。各地で「米よこせ大会」が開かれていた。皇居前広場に二五万人の群衆が押し寄せ、デモ隊は雪崩を打って皇居内へ侵入した。「朕はタラフク食ってるぞ、ナンジ人民飢えて死ね」というプラカードを掲げた共産党員が不敬罪で逮捕されている。

第2章　ヨットと貧困

湘南に引っ越してきた際に当座は山下汽船社長の別邸を借りることができたが、敗戦後にそこを引き払うことになった。東京大空襲で焼け出された、会社と関係が深い東大教授にあてがうためであった。石原家の戦後は、逗子のごくふつうの借家からスタートしていたのである。

敗戦の年の昭和二十年（１９４５年）四月に慎太郎は湘南中学に入学した。裕次郎は小学校五年生である。三年後、学制改革で五年制の旧制中学は、新制度では四年生が湘南高校一年生になった。

アメリカ軍という新しい支配者を、湘南海岸を跋扈する兵士とは別の次元で体験したのはまだ旧制中学に通っていたころであった。市ヶ谷で行われていた極東軍事裁判を傍聴する、このころの少年としては極めて稀な体験といえる。

「父がある時東京でおこなわれている戦争犯罪に関する裁判の傍聴券を仕入れてくれた。となりの大学生のお兄さんにともなわれて行った市ヶ谷の建物の二階の席にあがるため階段を登っていった私の肩を途中の踊り場にいたMPがいきなりつかんでなにか叫んだ。お兄さんの言葉だと雨の日に履いていた下駄がかたかたうるさいという。言われるまま脱いだ下駄を相手はいきなり蹴とばしてしまった。私は慌てて這いつくばり床を這いまわって下駄を拾い合わせてその後ぬれた階段を裸足で上り下駄を抱えて指定の席に座りこんだものだった。あの遺恨は一生忘れまい」（前出「僕たちの時代」）

脱いだ下駄を米兵に蹴飛ばされ、這いつくばって拾い、裸足で階段を昇った。屈辱以外の何ものでもない。

湘南高校ではサッカー部に入った。ロングキッカーであったと振り返って自慢しているが、明らかに自分より才能豊かな選手がいることがわかり、早々にそこが勝負の場所ではないと悟っている。

いっぽう中学へ入った裕次郎はバスケットを選んだ。裕次郎はオリンピック出場を夢想するが、中学二年のときに左膝を痛めた。皿にひびがはいり水がたまるようになり、以後スポーツは諦めた。裕次郎のスポーツは、ストリートファイトつまり喧嘩の技を磨く方向へと進む。

慎太郎は高校二年の二学期から休学した。胃腸に異変を感じていたことがきっかけであったが、実際にはいわゆる引き籠もりである。一般に不登校には確たる理由がない。受験という学校の方針に不自由さを感じていたようだ。というよりさまざまな内面的な欲求に衝き動かされ休止符を求めたのだろう。

「気狂いじみた頻度で行われるテストと、その度に発表される全学年中の成績順位に、殆ど誰しもが反撥と屈辱を味わいながら毎日を送ったものだ」（「私の中の日本人」『対極の河へ』所収）

旧制中学時代には最も多くの海軍兵学校入学者を出していてまるで海軍兵学校の予備校のようであったが、戦後は宗旨を一八〇度変え東大入学者数を競う高校に転じていた。単に受験競争に嫌気が差しただけでなく、無節操な俗物秀才教育の方針に嫌悪感を覚えた。

「教科書参考書をすべて投げ出して、自分の読みたいものだけを読み、描きたかった絵を描き、芝居やオペラ、コンサートを観聴きして廻り、酒を飲み、はたから見れば自堕落だろうが実は精神的には今までのいつよりも緊張し勤勉な時を過した」（同前）

そのころ裕次郎は慶應高校の入試に落ちた。埼玉県志木の慶應農業高校（昭和32年に普通科高校に転換）へ入るが、そこは慶應高校志望者の吹き溜まりで農業者の人材養成の実態はほとんどない状態だった。裕次郎は不良仲間からの薫陶を受けて、遊びや喧嘩のやり方を覚えている。さすがにこれではまずいと気づき、半年休学して家庭教師を付けられ、翌年に慶應高校二年次に編入できた。

一年休学した慎太郎が湘南高校三年、裕次郎が慶應高校二年となった春、二人に大きな玩具がもたらされた。ヨットである。

逗子の家から湘南の海が見える。近所の貸ヨット屋でたむろしているうちに手漕ぎのボートに飽きた。小型ヨットのディンギも置いてある。全長は四メートルほどで手漕ぎボートの寸法とたいした隔たりがあるわけではない。滑るように海面を走るヨットのほうが断然、格好いい。

石原兄弟はディンギを買ってほしい、と父親にせがんだ。母親も、子どもが女ならピアノを買ってやらねばならぬはず、かなえてやったら、と側面から言ってくれた。なるほど十八歳と十六歳であれば、もう手漕ぎのボートで遊ぶ年代ではない、と父親は認めざるを得ない。

オート三輪車の荷台に乗せて運ばれてきた中古のディンギは二万五〇〇〇円だった。公務員の初任給が五五〇〇円だから必ずしも安い買い物ではないが、ヨットは金持ちの道楽という先入観はあたらない。このあたりの誤解が、石原慎太郎はブルジョアの子弟、とされる所以である。葉山のマリーナに置かれたヨットは確かに富裕層の持ち物だが、日本人はヨットといえば何でも一緒くたに思い込んでしまう。彼らのディンギは逗子を流れる田越川の川べりにつないでおけばよかった。

いま昭和二十六年（1951年）の話を書いている。慎太郎は湘南高校三年生、裕次郎は慶應高校二年生、慎太郎と裕次郎は二歳の年齢差があったが学年が一年しか違わないのは、慎太郎が湘南高校を一年間休学したせいだ。ヨットを購入したのは五月ごろである。ヨットが手に入ってもまだ夏休み前なので慎太郎は湘南高校のサッカー部の練習に追われそちらのほうを優先していた。

気づいたら裕次郎は梅雨の合間の晴れた日に一人で出かけヨットに熱中しており、慶應高校の遊び仲間をクルーにしたてて逗子の海を気ままに滑走していた。

それを承知していた慎太郎が奮起するのは、裕次郎がヨットを口実に幾人ものガールフレンドを口説いていると知ってからであった。しかも強風の吹いた日に、ガールフレンド二人が強まる風を恐れて立ち上がり近くの漁船に助けを求め、そのはずみに転覆してひどい目にあった、と半ば得意気に慎太郎に報告する。もくもくと対抗心と嫉妬心が湧き上がるのであった。横倒しになったセールの下から浮かび上がろうとしてもがく彼女たちの頭が見え、それに向かって潜り直して手を貸し引きずり出した、というくだりはいかにも信憑性があった。

このままだと二人共有のはずのヨットが弟に独占されてしまうという焦りにかられ、裕次郎に手ほどきを受けるのも潔しとしないから、「大丈夫なのか、一人で」と心配して言うのを屈辱として受け止め、ある日、決意して神棚に手を合わせてから貸しヨット屋の敷地に停めてあったヨットへと向かう。

その後の悪戦苦闘についてはここでは省略するが、どうにかディンギの帆走に関してのおよその手綱さばきを会得するころには、暗くなり貸しヨット屋は店仕舞いしかけていた。

この体験を『弟』で「夏の陽のきらめく海の上で行われた、私と海との完全な結婚だったといえる。そしてようやく私は、弟と同じ資格を海に対して持つことが出来た」と述懐している。

「不条理の作家」アルベール・カミュはまだその名が知られていない苦闘の時代に「ティパサでの結婚」というタイトルのエッセイを書いた。ティパサはアルジェリアの地中海に面した港街、ローマ遺跡で知られている。「(春になると) 海は銀の鎧を着、空はどぎついほど青く、廃墟は花におおわれ、光りは積み重なった石のなかで煮えたぎる」のだ。このあとに「廃墟と春の結婚」という文章が続く。「私と海との結婚」という表現に不登校時代に耽溺していたカミュの痕跡を見つけることができる。カミュは太陽の男・石原慎太郎の作品に流れる通奏低音である。

兄弟が新しい玩具・ヨットを乗りこなす夏が過ぎ、この年の十月十六日、父親・潔が急逝する。

会議中に潔はいびきをかき始めた。周囲は疲れているのだからそっとしておいてやろうと配慮して昼食に立った。二時間後、戻ってみると眠りながら吐いている。脳溢血の症状であることに気づいて慌てて医者を呼んだ。すでに手遅れであった。

慎太郎は湘南高校からの帰路、逗子駅で降りて自宅へと歩き始めると女中が何か懸命な顔つきで息せき切って走って来る。父親が会社で倒れた、母親も弟もすでに東京へ向かっている、と伝えられた。カバンを預け踵を返して降りたばかりの駅から電車に乗った。

裕次郎は、まだいびきをかいている状態の父親の姿を見ている。遅れて着いた慎太郎は床に敷かれた毛布の上に横たわる父親の前で立ち尽くすほかはない。ひざまずき、覆っていた白布に指をかけると、危うくまとっていた白布は落ちかけ、指は頬に触れた。頬は芯まで冷たかった。

父親の死は不意をつかれた、ある意味では少年慎太郎にとって最大の事件といえるものであった。その仔細を、十四年後、作家として石原慎太郎は「水際の塑像」という小品にまとめている。

五十一歳の父親・潔は肥満体で高血圧の持病をかかえ、それを気にしつつ使命感にかられて仕事をつづけているその姿を、少年慎太郎はあたかも死神に魅入られたかのような予感をまじえて回想しているのである。

父親と少年慎太郎が湘南の明るい砂浜を散歩するシーンは、暗い叙情の心象で彩られている。父親は高血圧症の症状として眼底出血があり、医師から厳重注意を言い渡されていると知りつつ散歩に同行している場面である。

父親が喘いだ。


「もういい。大丈夫だ」

父は言った。

下りて来る黄昏の冷ややかさが父を蘇らせたようだ。

それでも尚、父は体を起し坐り直したまま、そのままそこを動こうとはしなかった。

「一度に歩いてはいかんな」

やがて、言い訳するように言った。

「疲れてるんだよ。疲れて血圧が上ってるんだ」

母を真似し私は言った。

「そうだな」

素直に頷いた後、

「家へ帰っても黙っていなさい。お母さんがまた余計な心配する、いいな」

何故か私は頷いた。この場所での父との出来事は、すべて自分一人で背負いたいと思った。

(略)

「西瓜のチョッサー(チーフオフィサー、一等航海士)のことを覚えているか」

父は訊いた。

「銭函で、船が沈んだ時、死んだ」

「そうだ、お前も、見たな。チョッサーが体に縛って泳いだロープを」

「見た」

「あれが、あのチョッサーの仕事だった。チョッサーは、大きな波と競争して泳いだ。あんなことをしなくても、みんなは助かったかも知れないのに」

「そうなの」

「そうだよ。でも、そんなこと、誰にも始めからわかりゃしないだろう」

「そうだね」

何かを半ば解せぬまま、私は頷いていた。


（「水際の塑像」）

文中に登場する「西瓜のチョッサー」は、「熟れたスイカを土産に持参して石原家を訪問した好漢」だったが、小樽港外で乗船が時化で遭難・座礁した際、身体にロープを縛って飛び込んだ。『弟』にもそのエピソードが「（筵をはぐと）その下に白い蠟《ろう》のように透き通った若い男の顔があった。それは人間というより何かの人形のように艶やかで美しかった」と綴られている。「水際の塑像」は小説なので実際にはこの海難事故で亡くなった船員が「熟れたスイカを持参した」知り合いという部分はフィクションである。チョッサーがなぜ飛び込んだか、父親の死と重ねるために以下の会話が必要だったからだ。


「チョッサーは真っ暗な、大嵐の海に一人で飛び込んでいったのだよ。多分、自分でも助からないかも知れないと思っていたのだろうけれど、そうしたのだ」

「どうして」

父は答えず、黙って見返した。

「誰のために」

父が答え易いように私は訊き返した。私にはその時父が、何かひどく重いものを背負っているように見えた。

「みんなのためにさ。そして、自分のためにもだ」

「自分の」

「そうだよ、自分のためにもだ。どうせなら、黙って死ぬことはない。死ぬことだけなら、そんなにたいしたことはない。人間は誰でもいつかは死ぬのだからな」

自分へ説くように言った。　（同前）

短篇「水際の塑像」はチョッサーの死顔に、夭折した父親・潔の酒豪でお洒落でスポーツマン、豪放磊落にみえてじつはストイックで静かな使命感を抱いていた姿を重ねて、あるべき男の理想像のごとき描き方であった。

「太陽の季節」でデビューした青年・石原慎太郎はずっと後の一九六九年、七〇万部のベストセラー『スパルタ教育』で自らをマッチョな親父のイメージへと転換させた。そのしめくくりは「わたくしにとって、理想の父親とは、ある日突然、思いがけず海で遭難して亡くなる漁師の父親の姿だ。（略）しかし、老練な漁師の父が、それをすべて子どもに教えたのでは、子どもは、ただ父の人生をなぞらえるものでしかない。子どもの目から見れば、完璧な漁師と見えた父が、じつは思いがけぬ自然のワナにかかって、ある日突然みまかる」のである。

センセーショナルなタイトルのようで、意外にきまじめなオチなのだ。

そして『スパルタ教育』をこう結んでいる。

「父親の船は破られ／明るい海に／破られた船の板だけが漂《ただよ》う／明日からは生きなくてはならぬ／一人の子が　一人の男として　漁師として／父にかわる家の長《おさ》として／母のために弟妹《きょうだい》のために」

昭和二十六年（1951年）の秋、そして冬へと時間を戻そう。

父親・潔の死によって石原家の家計はとたんに窮するのだ。

そもそも潔は会社から前借りして営業のためにも部下のためにも気前よく散財したので退職金を先食いしていた。会社からの弔慰金だけでなく同僚らが遺族のために義援金を募りそれなりの資金は得たが、それも裕次郎の放蕩でまたたく間に消えていった。そのあたりの絶望的なありさまが『弟』に記述されている。

「（炬燵《こたつ》で）顔をつきつけるような間近さで母は相変わらず、家の財政がいかに逼迫してきているかを語り、このままでは学資さえ続かなくなるかも知れぬなどくどくどいっている。

私は何かで同意を求められる度頷いてみせるが、こちらも弟同様うんざりしていて、しかし母にもうやめろとはいえず、炬燵の狭い台の上に粗末な画用紙を拡げガラスペンで気ままなエスキース（素描）を描いていた。その内気がつくと弟は、横にあるラジオのスウィッチを入れ、かすかな音を出して耳を寄せ、母に向かって頷きながらも実は放送を聞いているのだった。あれはどう考えても、決して本気とはいえぬ、いまだに死んだ父親にどこかで寄りかかった家族ぐるみ一種馴れ合いの風景だった。

母は財政逼迫の中期の頃が一番口うるさくなって、家にいない弟の代わりに私に向かって節約を説き、愚痴を重ね私の支出を取り締まった。弟の方は一晩に何千何万という放蕩をくり返しているのに、私は地元の映画館で二本だての映画を観るためのわずか七十円の金をせびっても叱られ、母親のいうところはよく理解しながらも、弟のことを思うとどうにも腹の虫が治まらなかった」

逗子の郵便局の口座に弔慰金・義援金があった。裕次郎はそれを引き出すのに竹造りの三文判で勝手に下ろしていた。母親が気づいて判子を隠したら、町の判子屋で新しい判をつくって平気で金を引き出し浪費してしまうのだった。

裕次郎のこうした放蕩癖は、父親・潔の資質を継いだもののようだ。潔について『弟』には「重役」として登場するが、豪放磊落の面ではいわゆる大物タイプではあったから、会社における地位も少し大きく見せてしまっている。いわゆるキャリアのコースではなく肩書は山下汽船東京支店の副長から子会社・山下近海汽船常務に転じているのであり、本社の「重役」ではない。

経済的な逼迫はかなりのものであった。

母親・光子は慎太郎に通学定期券を買ってくれと言われ、手元におカネがなく、近所の古い付き合いの魚屋から借りている。

光子は、潔の上司であった山下近海汽船の二神範蔵《ふたがみのりぞう》社長に相談することにした。二神社長は五十五歳で潔よりやや年長にすぎず、石原家の事情もよくわかっており親身になってこう提案した。「僕たちの時代」(「文學界」2020年6月号)から要点を記そう。

「公認会計士という仕事をご存じかね。三年前まで計理士と呼ばれていた資格が特別試験を受けることで単なる会社で経理業務をするのではなく会社から独立して監督と検査ができる、それを監査というのだが、その監査をするのが公認会計士で単なる会社員ではないんだ。公認会計士になれば歳が若くたって最低でも二十万円ぐらいの給料がとれるぞ」

横で聞いていた慎太郎に向かって、どうだ、それにチャレンジしないか、と言った。

二神社長に、将来どこの大学に進み何になるつもりなのだと質され、慎太郎はかねて憧れていた京都大学の仏文にいくつもりだと答えたら、文学部などとんでもない。文学部など出てもろくな就職はできない。ふつうのサラリーマンなら月給は新卒で一万円にも届かない、それではとても家族を養うことなど出来ないぞと諭されている。

公認会計士という肩書は新鮮であった。世の中にそんなぼろい商売があるものか、と耳を疑った。サラリーマンにはなりたくなかったので、資格をとるなら当時もっとも弁護士合格者が多かった神田の中央大学ならよいのかと訊くと、二神社長はきっぱりと否定した。二神社長は一橋大学の前身・東京高商の出身だった。公認会計士になるには一橋大学のカリキュラムが適している、とアドバイスした。

京都大学の仏文科に入りたいという夢はあきらめきれなかったが、公認会計士に目標を設定して一橋大学を受験して合格した。

一橋大学といえば中央線国立駅南口から走る整然とした大学通りに面した美しいキャンパスが知られているが、教養課程のキャンパスはローカルな西武線沿線の小平にあった。逗子から通うと往復五時間もかかる。小金井に下宿したが貧乏が辛く、やがて学生寮の一橋寮に入れてもらうことにした。バンカラをよしとする風潮で落書きだらけ、個室はなく二人部屋で、そもそも寮生活にはプライバシーなどないのだ。慣れてくると枕元で仲間が大声で話し込んでいても平気で一人で眠れるようにもなった。とはいえ最底辺の暮らしぶりだった。

貧困学生に適用される学費免除を申請したら父のいない母子家庭ということで免除となり、それとは別に奨学金も得た。寮費は極安であり、家庭教師のアルバイトでかんたんに埋め合わせられた。

それでも食べものには飢えていた。寮の友人が、おカネがないので購買部に行き「キャラメル七個をバラでください」と言った。すると「美人の店員が二つ余計に入れてくれた」と昂奮して戻ってきた。そして「あいつは俺に気があるのではないか」と狂喜したというレベルの低い会話が日常のなかにあった。

慎太郎自身、貧乏な寮生活のなかで友人を蔑む余裕など持ち合わせなかった。手持ちのおカネが十五円しかなく、十二円のカレーパンを食べたかったが、それでは一つしか食べられない。迷ったすえ十円のジャムパンと五円の甘食パンで我慢した。

そういうなかで公認会計士の勉強は半年で諦めた。簿記や会計学などまったく向いていないのでさっぱり頭に入らない。

とても「ブルジョアの家庭」とはいえない学生生活であった。こうした体験の世界だけからでは『太陽の季節』が現れることはない。

第3章　公認会計士の挫折と裕次郎の放蕩

すでに記したが新宿の高層ビル・東京都庁の特別に天井の高い七階に知事室がある。石原さんがいつもどこで何をしているのか、東京都の職員にそれほど詮索されることはない。ふつうの職員にとって石原都知事は殿上人だからだ。副知事としての僕は自分が提案した政策を実現するために奔走しているから、石原さんがいようがいまいがあまり関係ない。

五年間の副知事在職中に、石原さんは役人や都議会議員の抵抗がありそうな案件であっても僕の提案に反対したことが一度もなかった。たとえば、特別養護老人ホームの入居待ちを解決するために住宅産業にインセンティブを与えることで、サービス付き高齢者住宅（サ高住）という発想で役所のタテ割りを崩して民間に施設を造らせれば解決できると提案したら、なるほど、そういうやり方があるのか、と詰め将棋の一手でも見つけたような顔をする。その高感度は抜群で、よって裁可を得ればあとはこちらの実行力なのだ（東京都が先行したサ高住は、その後国交省と厚労省が話合い、中央政府の政策として一般化した）。

双方の合理主義による都合から、いつしか毎週金曜日の昼前の三〇分が、石原知事との定時の打ち合わせ時間に設定されるようになった。

「猪瀬さん、いつも睡眠時間はどのくらいなの。俺は十時間寝ても眠いときがある」

世界有数のメガロポリスの中枢でそういう悠長な話になったりする。僕のほうも新しい政策を毎週提言するわけではないから、金曜日の三〇分の対話はしばしば文学論であったり、世間話であったり、昔話であったり、ほとんどエピソードの連なりになるのは自然の成り行きといえた。総じてきわめて刺激的な時間であった。


ある日、公認会計士を目指して一橋大学で勉強したがすぐに挫折した、という話からそれでも東京都が全国に先駆けた、政府もやっていない公会計制度の導入には役立ったから、まったく無駄ではなかったな、とあの独特の照れ笑いを浮かべた。そしてこの本を読んでくれ、と差し出したのが『もう、税金の無駄遣いは許さない！　都庁が始めた「会計革命」』である。

東京都が複式簿記の会計制度を導入したのは僕が副知事になる一年前、二〇〇六年であった。石原慎太郎が都知事に就任した一九九九年、東京都は財政破綻寸前の状況だった。以下、そのまえがき、少し長いが引用しておこう。

「財政再建団体転落寸前の壊れかかった都財政を建て直すには、経費の節減や実入りを増やす努力だけでなく、会計制度を変えることが不可欠だと改めて痛感した次第だ。

この国の会計制度は、大体が、金の出入りだけを記した単式簿記・現金主義で、大福帳の域を出ず江戸時代から何の進歩もない。（略）日本公認会計士協会の会長にあった親友の中地宏氏にも一肌脱いでもらい、選挙の公約にしていたバランスシート（貸借対照表）の試作を平成十一年に行い、翌年からは機能するバランスシートの公表を続けてきた。そしてさらに、三年間の研究の末、十八年四月からは、我が国で初めての複式簿記・発生主義公会計をスタートさせた。これにより、現金だけでなく、土地、建物といったすべての財産や売掛金に相当する未収金、あるいは単式簿記では巧妙に隠蔽することも可能な隠れ借金や未払金を含んだすべての債務を一体的、重層的に把握することができるようになった。財政の透明化、情報開示の観点からも、飛躍的な進歩といえる」

自身が公認会計士でなくても、公認会計士に任せることで最良の結果を導き出すという発想が大切なのだ。方向性を示すのがリーダーの役割であり、そこが石原慎太郎の真骨頂なのである。

公認会計士に挫折してから「太陽の季節」へと進むまでには、まだ幾つものステップを踏まなければならない。十五円しかなくてカレーパンを食べられなかったエピソードを聞いているうちに、金曜日の定例の打ち合わせは、裕次郎のケンカ上手の話へと移っていった。

『太陽の季節』ではまだ端役のボクシング選手のみの出演だった裕次郎は、『狂った果実』で一躍スターとなり、『俺は待ってるぜ』『嵐を呼ぶ男』『錆びたナイフ』『明日は明日の風が吹く』とアクションブームを引き起こした。それについては、不良の真骨頂ともいえる裕次郎のキャラクター抜きには語れない。

慎太郎は『明日は明日の風が吹く』のロケ現場であった世田谷の馬事公苑をたまたま訪ねた。裕次郎の出番はなかったので、ロケ隊からちょっと外れた道端の草むらに腰を下ろして話し込んでいた。すると斜め向こうに土地のチンピラが四人やってきて、何やら粋がって裕次郎の名を叫びながら手招きしている。慎太郎と話を終えてスタッフの近くに戻りかけた裕次郎に対して、彼らに背を向けたのは臆したからと勘違いしたのかさらに嵩《かさ》にかかって、「ちょっと顔を貸せよ」とか「ぶっ飛ばしてやる」とか口汚く罵っている。慎太郎は「あんな奴らかまうなよ。うるさきゃ警察を呼んだらいい」と言い、出番が近いので呼びにきたアシスタント・プロデューサーも、「ほっといた方がいいですよ、あんなの」

とカメラの近くへ戻るよう促した。するとチンピラたちがまたえげつなく毒づいてきているので、裕次郎もいらいらしながらも我慢している。

ロケ隊の誰かにたしなめられると、それが裕次郎のいらいらに火をつけることになる。裕次郎は何か叫んで立ち上がりチンピラに向かって飛び出したが、うっかり足下の小さな水溜まりに足を取られ転んでしまった。それを見て、裕次郎が臆して転んだと思ったのか連中がもっとはやしたてた。瞬間、立ち上がった裕次郎はまっしぐらに彼らに向かって走っていき、連中の退路を断つように逆側に回り込み、いきなり二人を右と左の拳で殴り倒し、呆気にとられているもう一人の股間を蹴り上げ、殴り倒されたまま這って逃げようとしている一人の胴っ腹を思いきり蹴りつけて動けなくしてしまった。最初に殴り倒された片方はもう立ち上がる気力もなく尻をついたまま防ぐように手をかざして後ずさりし、そのまま離れて立ち上がると一目散に逃げていった。

石原さんはまるでつい昨日のできごとのように『弟』にも描かれているこのエピソードを、僕に語るのだった。

「ちょうど花火が地上で弾けて飛び回るように、裕次郎の身体は眼で追いきれぬような速度で回転し、気がついたらわめいていたチンピラたちはノックアウトされていた。あのスピードには感心したなあ。あれは天賦の才だね」

この華々しい立ち回りを目撃した監督を含めて振付師ら現場のスタッフたちにより「裕次郎はほんとうに強いぞ！」と尾ひれがついて拡がった。異端の新参者はあからさまな暴力という力で映画業界のなかに渦巻くねたみやそねみを淘汰した。一連の裕次郎主演シリーズは、上辺の演技でなく芯がしっかりとあることへの頼もしさによりブームに完全に火がついた。

ここまで書いたのだから、裕次郎のケンカについて本人の弁を残しておこう。『明日は明日の風が吹く』に出演していたころに『わが青春物語』というインタビュー本を出版している。スターになってから日が浅い時期で、まだ身構えず正直にしゃべっている。

「ガキ大将は、中学三年かぎりでやめちまった。高校生となるとちょっとしたオトナで、ガキ大将などやっちゃおれないからだ。高校から大学にかけてのケンカは、グッとスケールがちがう。気合いと同時に、実力が大きくモノをいうようになる。つまり体力とテクニックだ。ボクはケンカ好きといっても、陰惨な暗い感じのケンカはいやだ。一種のスポーツとしてのケンカでなくちゃ、おもしろくない。気持がスカッとしない」

ケンカの相手を探し回るようになる。

「逗子の海岸や銀座でやるケンカとなると、こうはいかない。つまり、身体を張らなきゃ

ならないというわけだ。そこがまた堪らない魅力なんで、相手を求めてはウロツイたものだ」（同前）

裕次郎のケンカの秘訣は、相撲と同じ立ち合いにある。たいてい最初の一発で勝敗はきまる。映画などではしばしば最初はやられて危く見えて、そのあとで盛り返して勝つパターンがある。しかしボクシングの試合ならそれもあり得るが、何より気合いがモノをいうケンカにおいてはそれは例外に過ぎない。まず立ち合い、威勢のいいタンカで相手を呑んでしまう。しかし絶対に昂奮してはいけない。腹の中は冷静で、口先だけはいまにも叩き殺してやるぞという凄いセリフを吐く。そしていよいよなぐり合いになっても、落ち着いているほうが必ず勝ちになる。昂奮している相手は、腕がたいてい大振りになる。いわゆるスイング。そのパンチは威力もないし、かわしたり、受け止めたりすることが容易なのだ。そういう攻撃を受け流しながら、一発ストレートかフックを入れる。うまく決まると、相手はこたえるだろう。気の強いやつなら手負い獅子のように荒れ狂ってくるが、そうなればもう思う壺だ。あくまで落ち着いていて、むこうが十ぐらい暴れるのに対して、こちらは一か二の有効打を効かせればよい。

さらにケンカの技術のうまいやり方では、必ず相手のうしろにまわり込んでしまう。武士道からいえば感心できないが、ケンカという真剣勝負だから、敵のうしろへまわり込むことが絶対条件だ。拳闘では禁止になっているラビットパンチというやつは、うしろの首根っこに上から一撃を加えるので、うっかりすると首を折ってしまうほど威力のあるものだ。

「うしろにまわることは、相手に大きな心理的な影響を与えるらしい。どうもわれわれの身体は前面が丈夫に出来ているし、また、手も足も前のほうだけに動くようにできている。目をはじめとして、いろいろな器官が前のほうにある。だから、本能的にうしろが弱点であることを知っているのだ。で、相手にうしろへまわられると、恐怖のために意気が沮喪しちまうのだ——と、ボクは解釈しているわけだ。まあ、そんな理くつはどうでもいい。とにかく、ケンカのうまいやつは、いつの間にかうしろにまわっている」（同前）

裕次郎のケンカは、ルールに縛られないスポーツであり、賭け事に似て予測不可能なスリルを味わうゲームであった。

石原慎太郎には、裕次郎の資質を自分にはない独自の才能として認知していることが感じられた。

一橋大学の貧乏学生の転機も裕次郎の放蕩によってつくられるのだ。なにしろまだ昭和二十年代である。旧制高校の気風が抜けきらない寮生活では冷や酒を回し飲みし、輪になって肩を組み寮歌を放吟する、そういうバンカラな学生生活を送っていた。ところが週末に逗子の自宅へ帰る途中、新橋駅で裕次郎と落ち合い、裕次郎が染まっていた慶應の遊び人的なグループと交わるようになっていく。いっしょに銀座のバーで飲むようになるが、裕次郎は酒癖はあまりよいとはいえず、酔ってしなくてもよいケンカをする。それも坊ちゃん的な慶應ボーイに対するある種のバンカラの別の表現ではあった。

裕次郎は銀座の年上のホステスと付き合っており、そのころの庶民にとっては金額的にも縁遠い、いわば高級ナイトクラブへも彼女の奢りで出かけていった。慎太郎も生まれて初めて連れていってもらった。裕次郎は女に貢がせる術を会得しており、日頃からこういうところに入り浸っているのかと感じ入った。

未知の世界を慎太郎は記録しておかなければいけない、と思った。

「彼女に勧められ初めて飲んだカクテルの名前を、私はなんのためにかコースターの裏に書き記して持って帰った。今でも覚えているがキューバ・リバー、ブランディ・サワー、マンハッタンなどという代物だった」(『弟』)

こうしたメモは後に裕次郎をモデルにして構成した『太陽の季節』のなかでは幾つもの〝部品〟として収まることになるのだ。

ふだんは旧制高校的なバンカラな寮生活を多摩の地で送り、週末には銀座で裕福な慶應ボーイの不良仲間と消費的な風俗にまみれ、逗子に帰宅すると母親と向き合って家長として破綻寸前の家計の再建に頭を悩ました。公認会計士の勉強は肌が合わず、したがって前のめりにはなれず、とうてい受かりそうになかったからである。

そのころ、五歳下の少女と結婚を前提に本気で付き合いはじめた。『太陽の季節』とは対照的な純愛物語の世界が静かに展開していた。純愛の成就のためには破綻があってはならず、生活基盤をつくらないとならない。公認会計士になれないとしたら、それもサラリーマンが選択肢でないとしたら何を目指したらよいのか、展望は見えていない。

高血圧症の父親・潔のことで母親・光子がしばしば相談に行っていた民間療法の施術所があった。岡田茂吉という明治十五年生まれの教祖（昭和30年72歳没）が興した世界救世教の「浄霊」という施術は掌を身体に近づけ当てる、いまでいう気功のような治療である。世界救世教の布教支部は石原家とそれほど離れていない逗子の田越橋の脇にあった。石田政子という四十歳ほどになる女性の自宅で施術が行われていた。そのうち信者が増え施術も評判になり逗子駅前に新しい支部を設けるほどに繁盛していく。

石田政子は昭和十三年（１９３８年）に夫の光治を亡くしている。光治は横浜高商（現・横浜国大）を卒業して紡績会社に勤務していたところ召集され将校（少尉）として中国大陸の戦場へと向かった。その間に娘が生まれているが、戦地に送られてきた娘の写真を肌身離さず持ったまま、とうとう帰国することなく胸部貫通銃創で戦死した。

その家の娘、昭和十三年生まれで父親の顔を知らずに成長した典子は、幼いうちから評判の美少女だった。高血圧の潔の治療について行った五歳年長の慎太郎とは幼馴染みということになる。典子が中学三年になったころに交際がはじまった。

「石原が一橋大学へ合格した春だったと思います。私の家を訪ねて来た石原に、いろいろな本を選んで貸してもらうことになりました。石原の家まで一緒に逗子の海岸通りを歩いて行きましたが、男の人と二人で歩くなんて初めてのことでしたし、私はあがってしまって話がうまくできず、いつものおしゃべりな私はどこへいってしまったのかと、自分でも不思議に思えてなりませんでした。私はクリーム色のベストに茶のスカートをはいて、海から吹きつける春風にこげ茶色のベレー帽を飛ばされはしないかと一生懸命押えていました。石原の推薦の本は『ダフニスとクローエ』に始まり、『クレーヴの奥方』、シュトルムの『みずうみ』、川端康成の『雪国』や『みづうみ』……とロマンあふれる作品ばかり。一回に十冊くらい借りて、それを全部読み終えると返しに行き、また貸してもらうということになりました」（石原典子『妻がシルクロードを夢見るとき』）

純愛物語は、えてして突如として襲われる悲劇で急展開する。

典子の母・政子の持病の結核が急速に悪化、しばらく床についた後に他界した。典子、十四歳、中学三年生の秋も深まるころだった。

告別式に参列した慎太郎は「僕の父が亡くなって、今日はちょうど一年目です。これから父の一周忌の法要があります」と典子に挨拶し、自分こそ親との死別の悲しみを共有できる旨を伝えている。

戦争で父親、そしていま母親、両親を亡くした典子とその兄は近くの伯父の家へ引き取られ祖母の膝元で育てられた。

中学を卒業して横浜のミッション系の私立高校に入学すると慎太郎にしばしばデートに誘われた。東京で新劇を観たり絵画展を観たり、クリスマス・イブには有楽座で『ジュリアス・シーザー』を観たり、銀座の雑踏も初めて味わった。ある日、横浜でデートして拳闘の試合を見たあと、引き込まれるように街外れのホテルへ入った。たまたま近所の誰かに目撃されてしまい、それが祖母の耳に届くと「二十歳の成人まではまかりならぬ」と交際を禁止された。

そのまま二、三カ月が過ぎた。たまたま同級生と鎌倉へ映画を観に行った。帰途、鎌倉駅のプラットホームに立っていたら、横須賀線の下り電車がゆっくり滑るようにホームに入って来た。典子は息を呑む。一寸違わずホームに立っている自分の真ん前の窓枠の内側に慎太郎が坐っていた。慎太郎は大学の寮から一週間振りに自宅へ帰る途中だった。こうして感動の再会となり、純愛は無事に復活する。なぜなら慎太郎が送った郵便はすべて祖母が手元に隠してしまっていたからである。

慎太郎は典子と結婚する心づもりでいたが、卒業後の設計はできていない。たまたま大学でかつて昭和初期にあった同人誌「一橋文芸」が中断されており、それを復刊しようではないかというグループのなかの西村潔という人物と知り合って、性格的にも嗜好においても意気投合した。西村は映画監督志望だった。

「一橋文芸」復刊には資金とそれにふさわしい作品がなければいけない。原稿はなかなか集まらず、寄せられたものは古臭い文学青年風でいまいち華がない。西村はあと百枚ぐらい足りない、とこぼすのでそれなら自分が埋めるよ、と慎太郎は妙高高原の大学の寮にこもって書き上げた。こうして処女作「灰色の教室」が生まれた。三年生の夏休みのことだった。

登場人物は裕次郎そのものではないが遊び人で退屈をもてあましているアナーキーな不良仲間たちだ。たとえば彼らは平気で万引きをする。生活に困ってする万引きでなくただスリルだけを求めている。悪事は「猛獣狩りとかスポーツに近い快感と昂奮を彼らに与える」からだ。主人公の同級生の一人に自殺未遂をやった男がいる。そいつはこんな具合にうそぶく。

「僕は何をやっても面倒くさくてしょうがないんだ。（略）キザな奴は、人生は賭だなんて言うがそうかも知れない。しかしとても僕には、そんな悠長な賭の結末を待ってる気がしないな。今僕が生活の中でしているどんなちっぽけな事でも、この退屈な賭の中の一手一手なんだとしたら、それが今みたいに皆自分の思い通り運べないんじゃあなお更つまらないじゃないか。丁度千メートルも下の、出るか出ないかわからないような井戸を手で掘っているみたいなものだ。てんで手ごたえがないや」（「灰色の教室」）

そして自殺をしてみる。失敗したが仲間からはリスペクトされた。二度目に失敗すると、何だあいつはと冷やかな眼差しを向けられる。三回目の自殺に挑戦して、またもや失敗するが死の淵から甦ると本気で生きたいと念じるのだ。三度目の生還は仲間からの称賛を受けヒーローとして迎えられる。

どうにか百枚の物語ができた。裕次郎が擬せられている、歳上の女に貢がせている拳闘選手も登場する。自分の貧乏暮らしとは裏腹の青年たちは、ひたすら退屈な日常を嫌悪するのである。

足りないのは原稿だけではなかった。そもそも同人誌を印刷し刊行するための資金の目処がないまま原稿を募集していたのである。神田にある一橋講堂で如水会主催の公開講座があり、壇上で話をしたのは一橋大学ＯＢの作家・伊藤整であった。このとき四十九歳の伊藤整は超売れっ子作家である。昭和二十八年（１９５３年）に「婦人公論」に連載した『女性に関する十二章』が刊行されていてこの年のベストセラー一位、『火の鳥』が三位、『文学入門』が五位、さらに評論『文学と人間』を含めると年間七〇万部も売れ、文壇長者番付八位にランクされていた。昭和二十五年にＤ・Ｈ・ロレンス著『チャタレイ夫人の恋人』を翻訳し、それが猥褻物頒布罪として起訴された話題の人でもあった。いまではそれほどでない性表現でもこの当時はタブー視する社会通念があったことの証左だろう。

売れっ子作家の筆記録を入手する目的もあったが、慎太郎と西村は伊藤の杉並・久我山に新築されたばかりの家を訪問した。先輩を崇めて資金協力を仰ぐためである。

伊藤宅の玄関先で「一橋文芸」復刊の意義を説明すると、「お母さん、学生たちにやってください」と奥を振り返った。夫人が割烹着のポケットから札束を取り出し千円札を一〇枚抜き出して渡してくれた。新築の家といい、割烹着のポケットの札束といい、作家という仕事は裕福だなと気づいた。

「押しつけがましくもなく、しつこく説明するのでもなく、冗談のようでもなく、素直さと大胆さが一緒になっている、特殊の印象だった。すぐ私は出してやる気になった。そのあとで私は、妙な学生だな、あれは何をやっても成功する人間かも知れない、と考えた」（「石原慎太郎君のこと」『伊藤整全集第24巻　随筆』所収）と伊藤整は述懐している。芥川賞を受賞してとんとん拍子で売れっ子になってから記憶をリセットし直したに違いないが、慎太郎が自然体であったことは確かなようだ。その年、昭和二十九年の歳暮に「一橋文芸」は無事に刊行された。「灰色の教室」は当時の大学で支配的だった左翼文化のなかではブルジョアの学生を主人公にした頽廃的な作品として受け取られ、ほとんど評判にならなかった。

そんなものかと思っていたら翌三十年（1955年）の春、学生食堂で昼食を食べていた慎太郎のところに、伊藤整宅へ無心に行った際に同行した友人の西村が息せき切って駆け寄った。「これを見ろ」とある雑誌を差し出した。

「灰色の教室」に注目する人物がいた。浅見淵《ふかし》という作家・批評家である。文藝春秋が発行している「文學界」（昭和30年4月号）の「同人雑誌評」欄に「今月第一の力作である」と書き、「〝欲望がモラル〟と化している私立の贅沢なハイスクールの思春期の少年たちの、早熟で、近代的で、そのため無意識的に不良じみ、恋愛や性欲をはじめ、様々な欲望に圧倒されて、虚無的にさえなって血腥《ちなまぐさ》く振舞っている無軌道行為の種々相を」「強靭な筆触の中に（略）新鮮なものと旧套的なものとが、また生硬なものと柔軟なものとが、一つに融け合わずにぶつかりあっていることなどが欠点だが、注目に値する新人作家の出現である」と褒めている。

話が少し逸れるが、三島由紀夫の『仮面の告白』は昭和二十四年（1949年）七月に刊行されたが評判にならずまったく売れなかった。三島の危機感は相当なもので、大蔵省を辞めるんじゃなかったと後悔するほどであった。だが半年、泣かず飛ばずだった『仮面の告白』は、年末に批評家の花田清輝が「文藝」に「聖セバスチャンの顔」と題した批評で絶賛すると流れが変わり、一気に注目されたのである。

「灰色の教室」はこの時点でまだ浅見というたった一人の批評家が注目したにすぎない。しかし、一筋の流れが生まれつつあった。それを巧みにたぐり寄せたのは慎太郎自身である。

「決してサラリーマンだけにはなるまいと思った。それがあの同人雑誌評を見、或いは作家としての自立をと、藁を摑む思いで、西八王子の浅見氏のお宅を訪ねたことがある」（「発見者の寛容　浅見淵追悼」『対極の河へ』所収）

あいにく浅見は不在だったが、文字通り藁をも摑む心境であったから、すぐつぎのステップを踏むのだ。「文學界」のその号に新人賞の募集告知が載っていることに気づいた。

第4章　運をつかむ

この新人賞は「文學界」が新人作家の発掘のために新しく設ける賞であり、すでに同号に入選作が掲載されていた。

文學界新人賞は三カ月ごとに入選作（新人賞候補作）を選ぶ仕組みになっており、手元にある四月号に載っていた入選作は一月十五日の応募締め切りの作品とわかった。次回以降の締め切り四月十五日（7月号掲載）、七月十五日（10月号掲載）、十月十五日（翌昭和31年1月号掲載）と告知に記されていた。掲載された四作の候補作品から第一回文學界新人賞が決定される。直近の締め切りは四月十五日であり、すぐに書き上げれば間に合う。

四月号に載っていた作品は慎太郎からみると少しもインパクトのないもので、自分ならずっと出来のよいものが書けると思った。「告知」には「現文壇の中堅作家・評論家諸氏を審査陣に招」くとあり、審査員に浅見淵の名前はなかったが、「井上靖、吉田健一、武田泰淳、伊藤整、平野謙」の五人の売れっ子作家・批評家が並んでいた。伊藤整なら会ったばかり、名前と顔ぐらいは少し憶えていてくれるかもしれない。

「灰色の教室」に登場する樫野という拳闘選手は、裕次郎がモデルでいつも歳上の女・啓子に貢がせている。「やがて啓子は樫野の子供を生みそこない、余病を併発してあっけなく死んでしまったのだ」とさらりと書いているところは、ほとんど「太陽の季節」の結末へと連なるプロットである。

暗い教室はもういい、曇りのない湘南海岸、太陽の眩しいその海にヨットを浮かべるのだ。こうして「太陽の季節」は誕生する。

二晩で一気に書き上げたが字がへたなので三日かけて清書した、とあちこちで答えているがウソではあるまい。一気にビールを飲み干すぐらいの喉の渇き、ヤマ場の数日間は慎太郎の人生でハングリー度の針は究極の目盛りを示していたのではないか。

書き上げると自転車の荷台に包装紙でくるんだ分厚い原稿を乗せ、逗子の郵便局で投函した。

どうせ応募作はたくさん集まるのだから、編集者たちも全部を読んでくれるとはかぎらない。冒頭で惹きつける必要がある、と計算して書き出しを考えた。

「竜哉が強く英子《えいこ》に魅《ひ》かれたのは、彼が拳闘に魅かれる気持と同じようなものがあった。

それには、リングで叩きのめされる瞬間、抵抗される人間だけが感じる、あの一種驚愕の入り混った快感に通じるものが確かにあった」

昭和二十年代のマルクス主義のブームは退潮気味で、それに取って代わる新しい思潮として流行に敏感な学生たちにサルトルの「実存主義」や、『異邦人』の著者アルベール・カミュの「不条理」も、言葉が醸しだす雰囲気とともに浸透しはじめていた。

フランス文学憧れ青年の慎太郎は、サルトルとともに輸入されていた、フランスでベストセラーとなっていたパートナーのボーヴォワールの著作も読み漁っていた。

編集者の眼に留まるために書き出しのインパクトだけでなく、さらにタイトルの脇に気の利いたエピグラムも付けよう。今日のジェンダー論の先駆的な話題作『第二の性』もあるが、もうひとつの刺激的なタイトルの話題作『サドは有罪か』（日本語訳は1954年）のほうがよい。既存の道徳などくそ喰らえとばかりに振る舞う主人公が登場する自分の作品「太陽の季節」にふさわしい。その書き出し、以下をエピグラムとして冒頭に置いた。

「気ぐらいが高く、気短かで、かっとなると何をするかわからない。なににつけ極端で、素行上でも想像力の頽廃ぶりにかけては肩を並べる者がなかった。そして狂信的なまでに神の存在を信じない者である。一言でいえば、これが私なのだ」

フランス革命期のフランスの貴族であったサド侯爵は、女性に性的な虐待をするなどの事件が重なりバスティーユ監獄に収監され、獄中で背徳的な作品を書き続けたことで知られる。精神的・身体的な屈辱と苦痛を与えることによって性的な快楽や満足を得る「サディズム」の定義は、このサド侯爵に因んで名付けられた。

そういう歴史的な存在であるサド侯爵を、ボーヴォワールは『サドは有罪か』と逆説的なタイトルで問い、キリスト教の倫理の束縛から解き放つ解釈をした。日本でサドが有名になるのは澁澤龍彦訳『悪徳の栄え』が『チャタレイ夫人の恋人』以来の猥褻物頒布罪に問われたからで、出版されたのは昭和三十四年（１９５９年）、起訴されたのはその二年後であったから、それはずっと後のことである。

話を戻そう。この時点でボーヴォワール『サドは有罪か』に眼をつけ、サドにまつわるエピグラムを付けるという発想は斬新ではあった。とにかく編集者に「おや？」と思わせるためにエピグラム、書き出しなど念入りな細工が必要であると思ったのだ。

そうこうしているうちに春休みも終り、大学は最終学年に入った。交際していた典子との結婚を視野に就職についても考えなければと焦る気持ちもあった。突然、文藝春秋から電報が届いたのはそんな折だった。「ソウダンシタキコトアリ、シキュウライシャサレタシ」とあり、あの原稿のことだとピンときたが、当選したとは書いてない。

文藝春秋が紀尾井町の現在の場所に社屋を移転したのは昭和四十一年（１９６６年）で、

そのころはまだ銀座のみゆき通りにあった時代である。学生服ではなく父親のブレザーを着て行った。「文學界」編集長が「相談したい」のは、サドのエピグラムのことだった。

「あのエピグラムはあまり内容に関係ないので外したらどうか。審査員の武田泰淳先生がそうおっしゃっているのですが」

別に外すのはかまわない。目立たせようとしてくっつけただけだったのだから。作戦の効果があったなと思ったが顔には出さない。以下『弟』からやりとりを引用する。

「そうですかねえ、関係ないことはありませんが、でも、是非といわれるならとっても結構です。あれがあると当選にはならないのですか」

「いや、そういうことはありませんが、私も外した方がいいのじゃないかと思うなあ」

「いいですよ。ならば外して下さい。でも当選は当選なんでしょう」

「太陽の季節」は「文學界」七月号に掲載された。第二回の募集に対して応募総数七〇〇余りもあり、この時代の文学熱のマグマは相当なものであった。募集は四回実施されるがこの時点ではまだ二回目であり、新人賞が決まるまでの道程には油断禁物だった。

しかし七月号の「文學界」の目次の筆頭に「太陽の季節」があり、「健康な無恥と無倫理の季節！　真の戦後派青年像は生れた」とのキャプションまでついた。

ここまでは狙い通りだな、とは思った。原稿料は四〇〇字詰原稿用紙一枚四〇〇円、応募要項に「枚数は四〇〇字詰原稿用紙三十枚以上百枚以内」とあり、ぎりぎり百枚にしたので四万円の原稿料収入にありついた。そのころ大卒の初任給はよいところで一万三〇〇〇円、公務員は九〇〇〇円ほどであったからその臨時収入はありがたかった。

裕次郎とは父親の背広を共有していたが、気兼ねせずに自分専用の背広を仕立て、さらにタライに洗濯板で苦労していた母親のために電気洗濯機を購入した。

「太陽の季節」が載った「文學界」七月号に四ページにわたり「選後評」が載っている。編集長からエピグラムを外すように忠告された点について、武田泰淳はこう評している。

「初めにサドの言が引用してあったが、内容にはサドのすごみと深みはなく、巧妙な小説を造り出す才腕とエネルギーが満ちていると思う」

サドのエピグラムがこけおどしであることを、武田は冷静でよく見抜いている。

英文学者でケンブリッジ留学経験もあり海外事情に詳しい批評家の吉田健一（吉田茂首相の息子）は、この当時はあまり使われていないハード・ボイルドという語を用いた。外国ではそれほどめずらしくない、という風な言い方だった。

「この頃英国、アメリカなどで流行している拳闘家の世界を中心にしたハード・ボイルド小説の下地がこの作品にはある。その方を伸ばして行けば、『オール讀物』新人杯位まで行くことは先ず請け合えると思う」

武田や吉田に較べると作家・井上靖や批評家・平野謙は、慎太郎の狙い通りシンプルに作者の罠にはまっている。

「ともかく一人の——こんな青年が現代に沢山居るに違いない——青年を、この作者はちょっと驚くべき達者さで描いている。（略）これほど知らん顔をして一群の青年男女の生態を描き、一人の青年の行動を無雑作に投げ出してみせた作品はないのではないか」（井上靖）

「私はレスリングもボクシングも一度もみたことがなく、ヨットにのったこともない。つまり、私なぞ旧弊な老書生の全然あずかりしらぬ世界が展開されているわけだが、アレヨアレヨという間に、ついおしまいまで読まされたのである。（略）おれにはこういう世界を批評する能力はない、と思わざるを得なかった」（平野謙）

伊藤整は大絶賛であった。

「題材の新しさ、というよりも、生活費に苦労しない学生のスポーツ選手が、同じように金に困らないスポーツファンの少女たちと恋愛というよりは性の遊びをしてゆく経過の新鮮な記述を興味を持って読んだ。そして終りに性の享楽家が恋愛家になり終るのを、小気味よいような、気の毒なような気持で読んだのだから、相当引き込まれて読んだのである。（略）この程度のものを三つ位書いたら、この二、三年間に現はれた若い作家の中でも際立った地位を得る人ではないか、と思う」

本が売れて綺麗な家を新築したばかりの伊藤にこう言われた。慎太郎は将来設計が描けそうな気分になったと思う。

とはいえまだ候補作入選にすぎない。最終選考が有利になるようにはたらきかけるとしたら、いまのところ唯一のツテは浅見淵しかいない。浅見に手紙を書いた。

「あるいは御記憶いただけるかとも存じますが、『灰色の教室』の中に挿話としていれました拳闘選手の話を、もう一度一つの作品に書き直して『文學界』に投稿いたしました。結局、前作と同じことをいいたく書いたのですが、前作よりは作品としてもまとまっていると存じます。幸い、文學界新人賞候補作品として七月号に載せられることができましたが、その作品について、先生のご批評、ご忠告を頂ければ幸いと存じます。七月号所載の『太陽の季節』という作品でございます」（浅見淵『昭和文壇側面史』）

「文學界」編集長は早速、次回作を注文してきた。伊藤整のいう「この程度のものを三つ位」書かせようとしたのだろう。あるいは浅見淵と雑談する機会があったのかもしれない。文學界新人賞の候補作として入選しただけの新人にすぐに注文するのは異例であった。

九月号に「冷たい顔」が載った。

仲間のサッカー選手が激しい競り合いのなかで接触、転倒して昏睡状態になっている。

それが原因かどうかははっきりしないまま医者が呼ばれるシーンから始まる。

「この方の家は近所でしょうか、出来たら家族を呼んだ方が良いと思います」

「そんなに悪いんですか」

「片方の瞳は瞳孔の反応が無くなってますからな」（「冷たい顔」）

「太陽の季節」では無軌道な不良たちが主人公だったが、この作品では主人公が不慮の事故とはいえ仲間の死を招いた一因が自分にあることで葛藤が生じる。練習中の事故なので周囲から疑念の視線を向けられ、その責任を暗に問われていることで宙ぶらりんの状態に陥る。その気分には行き場がなく、終いには「当てのない怒りがこみ上げて来た」。そこは「太陽の季節」と同じ、行き場のない怒りがテーマであり、自分の得意分野のスポーツ、湘南中学・高校から一橋大学まで続けていたサッカーの場に置き換えた。拳闘はむしろ裕次郎であり、「太陽の季節」の次回作は自分の得意分野のサッカー、そこを舞台に書いてみたのである。

「太陽の季節」が新人賞の候補作として入選してから慎太郎を巡る時間がもの凄いスピードで流れはじめている。

次回作の注文が舞い込んだだけでなく、この七月に芥川賞を受賞したばかりの遠藤周作に「文學界」側は、「『太陽の季節』論――石原慎太郎への苦言」を書かせるのだ。芥川賞は七月が上半期（1月から6月までの発表作品が対象）で翌年一月が下半期（7月から12月までの発表作品が対象）であり、ちなみに遠藤周作「白い人」は「近代文学」五・六月号に掲載され七月の選考会で芥川賞を受賞している。（「太陽の季節」は翌年1月の選考会で芥川賞を受賞することになる）。

このときに遠藤周作は三十二歳だった。

敗戦直後に現れた世代の作家たちは「第一次戦後派」と呼ばれ、野間宏、梅崎春生、椎名麟三、武田泰淳、埴谷雄高らは戦争体験をテーマに作品を書いている。その後、大岡昇平、安部公房、堀田善衛らが続いて「第二次戦後派」と呼ばれた。彼らは戦争とか文明とかイデオロギーなど「大きな物語」をテーマにしていたが、昭和三十年に近づいたころに現れた一群の作家たちは、「第三の新人」と命名されている。戦争中に青春時代を送ったけれど直接に戦争をテーマにはせず身近な小市民的な日常を描こうとした。戦後の混乱期が過ぎ政治の時代が終わりを告げたころ、安岡章太郎、吉行淳之介、小島信夫、庄野潤三、遠藤周作、近藤啓太郎らがつぎつぎと芥川賞を受賞している。彼らと同世代の批評家・服部達は「外部の世界も、高遠かつ絶対なる思想も、おのれのうちの気分の高揚も信じない」作家たち、いわゆるマイナーな物書き、と定義している。彼らのほとんどは三十歳前後、昭和の元号と年齢がほぼ一致している。昭和三十年なら三十歳という具合に。

なぜ「文學界」は新人作家の遠藤周作に「『太陽の季節』論」を書かせたのか。

すでに記したが「文學界」新人賞の審査員たち、たとえば四十七歳の平野謙は「私はレスリングもボクシングも一度もみたことがなく、ヨットにのったこともない」とほとんど投げていた。審査員は四十代から五十代であり、もう少し近い世代、いま売り出し中の作家ならどのような評価を下すのか、そこを知りたかったのではないか。

その結果は……。遠藤周作の「苦言」は、ほとんど「太陽の季節」を全否定するほどの手厳しさであった。

遠藤は自分が「第三の新人」に属することを意識して、冒頭に「この新人作家を第四の新人のチャンピオンと考え、他の者はそこに通俗作家としての危険を指摘した」とまだ価値が定まらない、としたうえで、まず自分が講師をしている文化学院の生徒に求めた感想を記した。わけのわからぬ観念小説やみみっちい私小説よりも、スピーディで自分たちの世代感覚にぴったりするとか、主人公の竜哉の遊びや恋愛の気持ちはじつによく理解できる、と答えが返ってきた。

そのスピード感を遠藤は、映画のシナリオの書き方に似ているからだろう、と指摘しながら一場面を抜いて説明している。

たとえば竜哉が横浜で拳闘の試合にでる場面がある。控室に小使が女からの花束をもってくる。（略）

たちまち、皆がひやかして言った。

「ありゃ、お安くないな。誰だいこりゃ」

「たのんまっせ」

「それでも試合前に持ってくるなんざ、気が利いてるよな（略）竜ちゃんどうかお勝ちになってちょうだいね」

「でも俺にも誰だか、わかんねえんだぜ」

「おとぼけな」

「本当さ」

「まあ出てみりゃわかるよ」

番が来てリングに登った竜哉は……

（「『太陽の季節』論――石原慎太郎への苦言」）

遠藤に言わせると、演劇の場合は舞台と自分を隔てる空間を能動的に埋める努力をしなければならないが、映画のシナリオの手法はそうした努力なしで観客をたやすく受け身の状態におく。「太陽の季節」はこうしたシナリオ的な文体や場面展開で構成されている。

シナリオ流の場面がかりに快いとしても「太陽の季節」の叙述的な部分は突然歯切れが悪くなってくる。たとえば唐突に入るつぎの一文。

「あの時英子にとっての竜哉は彼女が今まで交渉して来た男たちと同じような男の一人ではなかっただろうか。英子が身をまかせた男たちは、終って見れば結局、皆同じでしかなかった」

ドライなシナリオと無関係に、突然に作者が現れて平凡な説明をしてしまう、そこを遠藤はなぜかと考えた。

「一言でいえば、『太陽の季節』の文体は、抵抗感がない。つまりそれは戦後作家たちがまがりなりにも苦闘した文体上のアンチ・テーゼを、この新作家がもたなかったことから生れたのである。

文体の上でアンチ・テーゼをもたないことは作者の観念に対立者がなかったことをしめすものだ。主人公をみるがよい。リングであらあらしく叩き合うこと、女の白い体をなまのまま味うこと、その女を金で取引きすること、これらの行為の背後で、彼がなににたいして闘っているのかはまことに曖昧である。まず主人公には死の恐怖がないのだ」(同前)

ここまで遠藤の指摘を読みながら、たしかにその通りだと思ったが、遠藤の攻撃は少し的を外しているのではないか。

「抵抗や対立のないところに青春の文学は存在しない」と遠藤はさらに攻めるが、本書のもう少し先で登場する三島由紀夫が「道徳紊乱《びんらん》者」という言葉を慎太郎本人を前にして言い当てるのだ。紊乱とは、辞書的には「秩序・風紀などが乱れること、または乱すこと」である。慎太郎自身、自分がやろうとしている行為の貌《かたち》を説明する言葉を見つけられないままであったから、道徳紊乱者という的確な批評に納得するところがあったのだろう。

遠藤周作の批評に戻ろう。

遠藤は戦後の貧しい時代にフランスへ留学した。それもパリではなく地方都市であり日本人を初めて見るような農民たちの住む酷い田舎に赴くと、人種差別にも直面する。またナチスドイツのユダヤ人への迫害の痕跡も生々しい。キリスト教徒の遠藤はそこで文学のテーマを見つける。後に隠れキリシタンに材をとった『沈黙』を書くことになる。

キリスト教の戒律における葛藤に較べると、「太陽の季節」でしばしば作者がシナリオの合間に「人々が彼等を非難する土台となす大人達のモラルこそ」と説明してそこに懸命になってぶつかろうとしている「モラル」や、「実は彼等が激しく嫌悪し、無意識に壊そうとしているものなのだ。彼等は徳と言うものの味気なさと退屈さとをいやというほど知っている」というときの「徳」など、遠藤としてはそんなものはそもそも日本人の大人たちにとっても「終戦直後どこかに吹っ飛んでいった」はずで、何をいまさらだという気持ちなのだ。
「竜哉たちはよほど勇気のない馬鹿である。馬鹿は『青春の文学』の主人公とはなりえない」(同前)

こうなるともう擦れ違いでしかない。

遠藤周作の「太陽の季節」への批判は「文學界」十一月号に載った。こうした批判はむしろ「太陽の季節」の存在をより盛り上げるための話題として役立った。非難されればされるほどその存在を際立たせることができる作品だからである。

「文學界」十月号には、文學界新人賞の第三回目の候補作が掲載されている。翌年一月号に掲載される予定の第四回の候補作の締め切りは十月で、それが選ばれると候補作が四本揃うことになり、トーナメントではないが決勝戦、新人賞が決定する。

十月に映画会社から連絡が入った。「太陽の季節」を映画化したいということらしい。

遠藤周作が、小説でなくシナリオだと批判したが、炯眼だったことになる。

読者のために補足しておくと、この時点では「太陽の季節」は、一部の文壇関係の話題に過ぎず、まだ世間的にはほとんど知られていない。映画会社の企画担当者は眼を皿にして掘り出し物がないかと探しているところで、とくに日活は東宝や大映などに較べ映画会社としての体力も弱くヒット作が少なかった。

指定された場所は有楽町の日活ホテル七階のバーだった。

いったいどうやって話をまとめたらよいのか、素人の学生にわかるわけがない。心もとないので裕次郎に同道してもらうことにした。幸いに裕次郎は日活ホテルのバーに女を連れて行ったことがありラウンジの先端的な雰囲気を知っていた。

『弟』から抜粋・要約する。

「誰がくるのか知らないが、つけこまれないように先にいって二人で一杯やってるか」

二人で背広を着て時間前に出かけていき、ブランディ・サワーを飲みながら相手を待った。結果として作戦はあたった。やってきたのは荒牧氏という、派手な日活の企画部のスタッフにしては実直そうな人物で、バーのカウンターに坐ってものおじせず酒を飲んでいた二人から「何を飲みますか」と聞かれて、機先を制された感じになった。

不良の裕次郎は、映画の原作料は一〇〇万円ぐらいするものだと怪しげな知識を慎太郎に吹き込んでいる。原作料の駆け引きが始まった。

しかし荒牧氏が提示したのは三〇万円だった。それでも濡れ手に粟だと慎太郎は身を乗り出したが、裕次郎は身振りでそれとなく制して、

「いや実は、同じ話が大映からもきていましてねえ」

裕次郎がそうはったりをかました成果があり、結局、四〇万円に吊り上げられた。

『弟』には、正直な述懐がある。

「しかし、もし芥川賞を受賞出来ず、もの書きとして船出も出来ずにいたら、あの先二人ともいったいどんなことになっていたろうかとは思う。思うだけでぞっともする」

「文學界」新人賞のトーナメント戦はようやく最終盤に入るところだった。十月十五日締め切りの四作すべてが出揃ったところで審査員が集まり、いよいよ新人賞を決定する段となるのだ。入選四作目はのちにベストセラー作家となる有吉佐和子、まだ無名である。

いよいよ「文學界」新年号に「太陽の季節」が新人賞として発表された。新年号は十二月十五日発売であり、締め切りは十一月下旬なので、決定は十一月半ばだった。新人賞なのでそれほど話題になるわけではない。そのまま翌十二月に「太陽の季節」は芥川賞候補作にノミネートされた。

「太陽の季節」の芥川賞決定は翌年昭和三十一年（1956年）一月二十三日になる。

芥川賞について新聞が大きく報じるようになったのは「太陽の季節」からであった。それまでは新聞のベタ記事扱いで、文壇内部でせいぜい話題にされるぐらいでしかなかった。だからこう断じてもおかしくない。

「石原慎太郎は芥川賞で有名になったのではなく、芥川賞が石原慎太郎によって有名になった」

僕は十代のころ吉行淳之介の愛読者で『私の文学放浪』を繰り返し読んでいた。吉行は清瀬の結核療養病棟に長期入院していた。ベッドが二五ほど三列に並んでいる大部屋にいた。芥川賞についてこう書いている。

「消灯時刻の八時を一時間ほど過ぎたとき、真暗な病室の中を看護婦の懐中電灯の輪が近よってきて、私のベッドの傍で停った。私は、受賞したな、とおもった。看護婦は、『いま電話があって、なんだかよくわかんないんだけど、ナントカ賞とかいっていたわ』といい、私が『わかりました』というと、『それでわかるの』と立ち去って行った」

そのころは「文化面の記事か、社会面に扱われても郵便切手ほどのスペース」程度の話題にすぎなかった。ちなみに吉行淳之介の受賞は石原慎太郎の一年半前、遠藤周作は半年前である。

じつは意外に思われるかもしれないが「太陽の季節」の世評も、当初は吉行淳之介の病棟の看護婦の知識レベルとそんなに大きな差があったわけではない。

雪がしんしんと降る夜だった。都内にいた慎太郎は、夜の八時半を過ぎても知らせが来ないので不安にかられていた。選考がもめると決定が遅くなる。九時近くになってようやく知人の新聞記者から電話が入った。それから電車で逗子の家に帰宅したので遅い時間になった。藤棚の柱に「よくやった、兄貴」と筆で記した紙がぶら下がっていた。湘南に住む以前から知り合いの共同通信の記者が来ていただけだった。この時代は大挙して新聞記者たちが押しかけるわけでもないから、母親と弟とその知り合いの記者とささやかな祝宴をあげた。

結婚を約束していた交際相手の典子との挙式を一月末に予定していた。それは芥川賞を受賞したからということでなく、すでに前年の終りごろ卒業を前提に決めていたからだった。「太陽の季節」の映画化権を日活に売ったころに、「一橋文芸」をいっしょにつくった同志の西村潔と語らい、映画監督になるためにともに東宝を受験した。二人とも合格していた。就職したら助監督の仕事が待っている。

卒業後の生活設計を描くことができた、それならもう結婚しよう、と時期を早めた結果が、たまたま芥川賞受賞と重なったのである。

結婚式はそのころではごくふつうの身内だけで執り行う質素なものだった。モーニング一式は背の高い慎太郎に近い体格と思われた、知人の紹介による開業医から借りた。実際に着てみたら、大きさが合わなくてつんつるてんだった。要するにすべてが地味で「太陽の季節」のイメージとは真逆だった。

決めておいた日取りを狂わせたのが芥川賞受賞だった。結婚式の翌日に新婚旅行へ出かけるはずだったが、一月末の贈呈式と重なってしまう。そこで新婚旅行を近場の熱海・伊豆山にした。伊豆山に一泊して昼には銀座八丁目の文藝春秋ビルへ向かった。

贈呈式は質素なもので派手なパーティもなく、文春ビルの三階の会議室で、勧進元の日本文学振興会の事務方、両賞の選考委員たち、報道関係者などせいぜい三〇人ほどの小さな集まりだった。乾杯のあとオードブルみたいなものしかない簡素な式だった。芥川賞の正賞はロンジンの腕時計、それに副賞として一〇万円の入った熨斗袋《のしぶくろ》が渡された。それから記念撮影をした。

『強力伝』で直木賞を受賞した新田次郎は四十三歳、中央気象台に勤めていた。もう一人、『香港』で受賞した台湾出身の邱永漢は三十一歳、頭髪の前頂部が薄いため若い感じがしない。いかにも地味な公務員風の新田次郎を真ん中に、向かって左に慎太郎、右に邱永漢が坐った。脚が長いせいもあるが慎太郎だけ無造作に股を拡げ両足を投げ出している。のちにこの写真を見た母親・光子に「こんな行儀悪く育てた覚えはない。親に恥をかかせる気か」と怒られた。「ついサッカーの癖がついてしまって、トロフィでも持っているつもりになっていた」と弁解した。

受賞式が終わると帰り際、新聞記者が三人に向かって、一〇万円は何に使いますか、と訊いた。新田次郎は終始こちこちに固くなって黙っており、慎太郎が屈託なく笑いながら言った。

「こういうお金はみんなして飲んでしまうものじゃあないですか」

新田は郊外の武蔵野市に三年前に住宅金融公庫からのローンでようやく建てた家に帰ると「皆の注目が『太陽の季節』を書いた石原慎太郎という一橋大生に集まったから、何もしゃべらなくてすんだよ」と様子を知りたがっていた家族を見渡して肩の荷が降りたように苦笑した。小学校六年生の藤原正彦（後、数学者）に「石原慎太郎ってどんな人？」と訊ねられた。

「生意気な小僧だよ」

そう見えたのだろう。実際にそうだったのだから。

慎太郎はすぐに戻ると新妻には伝えていたが、その晩、誘われるままに仲間と飲んで結局、戻ったのは明け方だった。

新妻の典子は旅館の部屋で心細くて不安で一睡もできずに待っていた。部屋付きの年配の仲居に、新婚からこんなことでは将来が案じられる、といたく説教された。

運命が一気に大転換するのは二月に入ってからである。

第5章　スター誕生

本来なら作家に与える新人賞としての芥川賞はいわば文壇の行事であり出版界の話題であって、政治や社会や生活のなかの出来事とはあまり関係がない。「文學界」は文学青年たちが読む雑誌でありその部数もたかが知れていた。

ただし芥川賞受賞作は「文藝春秋」という国民雑誌に上期（9月号）と下期（3月号）と二回掲載される。「文藝春秋」はいまでは四〇万部足らずだが、当時は百万部ほど売れていた。これはいまも変わらないが新聞広告は朝日、毎日、読売、産経だけでなく地方新聞にも掲載される。おそらく新聞広告だけで四千万人ほどの眼に触れる。

「遂に出現した戦後文学の決定版!!」

昭和三十一年（1956年）二月十日発売の「文藝春秋」三月号のセンセーショナルな広告によって石原慎太郎は一躍、時の人となるのである。

もちろんこの広告によって「文藝春秋」を書店で購入してから、芥川賞選考会の選評を読めば、「太陽の季節」への賛否について侃々諤々《かんかんがくがく》、紛糾している。「文學界」の審査員は中堅作家や批評家だったが、九人の芥川賞選考委員は文壇の長老が中心である。

石原慎太郎の「受賞の言葉」も「最少の投資で最大の利潤を挙げたみたいなもの」と人によっては不遜な響きを与えるものだった。

選考委員で文壇の重鎮、六十三歳の佐藤春夫はほとんど完全に罵っている。

「この作者の鋭敏げな時代感覚もジャナリストや興行者の域を出ず、決して文学者のものではないと思ったし、またこの作品から作者の美的節度の欠如を見て最も嫌悪を禁じ得なかった」(「文藝春秋」昭和31年3月号)

最年長六十四歳の宇野浩二も佐藤に歩調を合わせて「読者を意識にいれて、わざと、あけすけに、なるべく、新奇な、猟奇的な、淫靡なことを、書き立てている」とエロ小説と言わんばかりに酷評した。

佐藤や宇野を怒らせ昂奮させ否定させるほどに「太陽の季節」出現のインパクトが大きかった。道徳的に許せない、とする批判はむしろ慎太郎にとっては意図したことでうまく罠にはまってくれたともいえる。

佐藤春夫には昭和十年の芥川賞創設のころからの選考委員という自負がある。当時、太宰治が恥も外聞もなく懇願している佐藤宛ての手紙、「佐藤さん一人がたのみでございます。私は、恩を知っております。（略）芥川賞をもらえば、私は人の情に泣くでしょう」は、文壇ではよく知られている逸話だ。

さらに付け加えれば、佐藤春夫は昭和五年に「細君譲渡事件」という人騒がせで意味のよくわからない騒動を起こしている。谷崎潤一郎が自分の妻を佐藤に譲渡する、との谷崎、佐藤、そして谷崎の妻の三人連名の声明を発表してそれがセンセーショナルに新聞の社会面トップに載った。文壇という狭い世界から発信する「私」的スキャンダルネタが今日のテレビのワイドショー的に消費されていたのである。そのくせ「太陽の季節」については「興行者の域を出ず」と言えるのかと思えなくもない。

いまでは不思議に思われるが「太陽の季節」を単行本『太陽の季節』として出版するのは文春でなく新潮社である。「太陽の季節」は文學界新人賞を受賞していたとはいえ、ぽっと出の新人の評価が定まらないうちはなかなか単行本の話にはなりにくい。ここは本人が動かないと進まない、と判断した慎太郎はたまたま映画の試写室で隣の席に坐った新潮社の若手編集者の進藤純孝に積極的に売り込んだ。

「みんなあわてることはない。もう少し待てというのですが、『太陽の季節』も映画化が決定しているし、早く本にしたいんです」

進藤は「編集会議にもかけなければいけないので自分の一存では決められないが、私の責任で何とか上に話をもっていきましょう」と慎重な言い回しをしている。とりあえず出版部長にその旨を伝えた。一週間後、芥川賞を受賞すると、出版部長から「ただちに交渉せよ」と命令がきたので話はスピーディにまとまった。

二月十日に「文藝春秋」三月号が発売になり、慎太郎ブームが起き始めたとき、文春側は自社で「太陽の季節」の単行本化が決まっていないことに気づくのだが、すでに後の祭りである。

新潮社は逸早く「新潮」三月号への「処刑の部屋」掲載（1月20日締切り）を依頼しており、「太陽の季節」「灰色の教室」「冷たい顔」に「処刑の部屋」などを加えてタイトルを『太陽の季節』とした作品集で一冊の分量を確保する算段だった。早くも三月中に発売が間に合った。その新聞広告もまた「背徳か、新しいモラルか、芥川賞が世に投じた一大波紋！」と刺激的な煽り文句だった。もちろん、顔写真付きである。

単行本『太陽の季節』はたちまちベストセラーにランクインし、すぐにトップに躍り出た。書店に石原慎太郎の写真が大きく飾られ、まるで映画スターのようであった。

こうしたなかで映画『太陽の季節』がクランクインし、早くも五月には全国各地で上映されている。慎太郎の顔写真が新聞広告にも雑誌のグラビアにも載り、テレビでも映されると、前髪を短く立てて裾を刈り上げた「慎太郎刈り」が流行した。映画が上映されるとアロハシャツにマンボズボンが流行し、ファッションは「太陽族」と呼ばれた。

映画『太陽の季節』は長門裕之と南田洋子が主役で、長門のボクシングの練習相手に、まだ俳優ではないはずの石原裕次郎が出演している。これは石原慎太郎が仕掛けた配役で、すぐにプロデューサーの水の江滝子が裕次郎の天性の資質を見初め、七月上映の次回作『狂った果実』の主役に抜擢した。恋人役に北原三枝、津川雅彦が弟役でデビューした。慎太郎に加えて裕次郎ブームが起きた。『俺は待ってるぜ』『嵐を呼ぶ男』『錆びたナイフ』『明日は明日の風が吹く』と、東宝や大映に後れをとっていた日活は裕次郎というアクションスターを前面に押し立て興行収入でトップの座へとのし上がっていく。

四月に小学校四年生に上がったばかりの地方都市に住む僕でも、飛び石連休中にあちこちに貼られていた『太陽の季節』の映画ポスターを鮮明に憶えている。砂浜で水着姿の男女が抱き合い、いまにも唇を合わせようとしているシーンが子どもにとっては強烈な印象だった。というより街中や銭湯で目立っていた映画ポスターといえば洋画と相場が決まっており、ジョン・ウェインの『駅馬車』やチャールトン・ヘストンの『十戒』やジェームズ・ディーンの『エデンの東』など、遠い外国、生々しさが希薄なつくりものの世界であったからだ。

ＰＴＡや婦人団体などから、あれは不健全な不良の映画だから禁止すべきだ、とする世論が巻き起こっている。流行語の「太陽族」は、とうとう不良と同義語の扱いにされてしまった。

敗戦後の焼跡闇市の時代より始まる動乱と復興の昭和二十年代が終りを告げ、新しい消費の時代に出現した無軌道な若者たちの象徴として『太陽の季節』が語られ、いまもそのように回顧される。その際、「もはや戦後ではない」という昭和三十一年度の「経済白書」のフレーズが必ずセットになっている。

「もはや戦後ではない」の言葉の響きは、「敗戦」に対しての新たな「勝利」の宣言とさえ受け止められた。ほっとひと息ついた庶民の生活実感に見合っていた。

この「経済白書」を読むと役所の文章とは一味違う奇妙な躍動感がある。「もはや戦後ではない」が「太陽の季節」と同格の流行語になったのは、文体の力が大きい。日本国憲法の前文のようにその時代その時代の新しい風が吹き込まれるような不思議な感動を味わい、思わず読みふけってしまう。

「戦後日本経済の回復の速やかさには誠に万人の意表外にでるものがあった。それは日本国民の勤勉な努力によって培われ、世界経済の好都合な発展によって育まれた。しかし敗戦によって落ち込んだ谷が深かったという事実そのものが、その谷からはい上がるスピードを速からしめたという事情も忘れることはできない。（略）消費者は常にもっと多く物を買おう（略）と待ち構えていた。いまや経済の回復による浮揚力はほぼ使い尽くされた。なるほど、貧乏な日本のこと故、世界の他の国々に比べれば、消費や投資の潜在需要はまだ高いかもしれないが、戦後の一時期に比べれば、その欲望の熾烈さは明らかに減少した。もはや〈戦後〉ではない。われわれはいまや異なった事態に当面しようとしている。回復を通じての成長は終わった。今後の成長は近代化によって支えられる」（「経済白書」昭和31年）

経済分析というと、無味乾燥な文章が多い。だがこの白書では、「なるほど、貧乏な日本のこと故」という巧まざるユーモアも含めて全体にどこか元気がみられ、その元気がこちらに押し寄せてきそうな気配が漂っている。つまり、分析であり、経済の現状報告でありながら、読者もまた情況への参加者であるような、そんな気分にさせられる「作品」なのである。

引用した「経済白書」をものした後藤譽之助は、三十九歳だった。先に、奇妙な躍動感、と書いた。後藤はこのとき経済企画庁調査課長の職にあった。つまり一官吏である。役人とは、個性を示さないものと理解されているが、後藤は違っている。もちろん、後藤だけが型破りだったわけでなく、この時代はまだ型破りなことどもが横行していた。戦後の独特の開放感が加勢したのである。

後藤が「経済白書」を書いたのは、昭和二十七年、二十八年、二十九年、そして三十一年、三十二年、三十三年の六回である。昭和三十年が抜けているのは米国留学のせいで、その年度は代わりに調査課の部下の連名になっている。二回、三回はあるが、六回の執筆は異例であった。このころの経済白書は〝冠白書〟で、後藤白書とか大来白書、宍戸白書、金森白書などと非公式ながら執筆者の名前で呼ばれた。

現在の「経済白書」は、官僚の文章である。各省庁間の折衝の結果、あちらを立てればこちらが立たずという具合に、縦割り行政のなかで妥協の産物になっている。当時の、〝冠白書〟は、執筆者が自分の経済分析能力と予測技術をアピールする場所でもあった。個性的であることは責任を明確にすることでもある。個人的感慨が入ってしまう、ということでもある。

後藤白書には「地固めの時」（昭和29年）とか、「二重構造」（昭和32年）などのキャッチフレーズが随所に見られた。また『不思議の国のアリス』から「止まっているためにも二倍の速さで駈けねばならない」（昭和29年）という一節を引いたりもした。経済分析でありながら、大宅壮一的な世相診断や警句がちりばめられた。

でっぷりと太っている後藤は役所にピンク色のアロハシャツを着て現れたり、そのころではデパートにもほとんど売っていなかった蝶ネクタイも愛用した。

後年、後藤白書で名声を博すると講演の依頼が殺到したが、たとえば「昭和二十八年の経済循環」の語り口はこんな具合であった。

……日本に駐留する将兵や家族ないしは朝鮮にいる米兵が、日本にちょっと休暇で帰ってきたときに日本に落とす金は三億三千万ドルで、うち「いわゆるパンパン収入」が一億ドル。対米輸出が全体で四億六、七千万ドルだから、彼女たちの外貨稼ぎは八幡とか富士製鉄さえかなわない。「あなた方もパンパンなどということを口幅ったく呼び捨てにできない」「彼女らが営業中のところに出会っても大変ご苦労さまですと挨拶してもよい」などと笑わせた。

もちろん、これほど切ないデータはない。敗戦の惨禍を引きずったままの「戦後」は、一刻も早く終わらなければならないのである。

その後、後藤は昭和三十三年の白書で、過剰な設備投資による景気の停滞局面が現れると予測して、「日本経済の現状は、外貨危機の花道を通って生産過剰の舞台に到着したところだ」と書いた。実際、ジャーナリズムは底這いの不況と見て「なべ底景気」と呼んでいたが、これを「Ｖ字型回復」とみた成長論者がいた。のち池田内閣の所得倍増政策のブレーンとなる下村治（当時、大蔵省大臣官房財務調査官）である。

後藤はこの白書を最後に、在米大使館の景気観測官という新しいポストに就くため渡米した。景気観測官といっても、じっさい部下もいないからデータ集めもままならず、いらいらが募った。日本の景気は、下村が予想した通り「V字型回復」がはじまっていた。ワシントンで、後藤は自分の見通しがはずれたことを知り、ふさぎ込むようになった。

ワシントンで網膜剝離と診断された後藤が帰国するのは昭和三十五年三月末である。慶應病院に入院したが特別な異常は見られなかった。ただ心身症の気味はあった。睡眠薬を飲まないと眠れない、としだいに量を増やした。夫人が自宅の布団のなかでそのまま冷たくなっている譽之助を発見するのは、四月十三日午前八時である。自殺ではないかと騒がれたが、ストレス性の過労死であった。四十三歳だった。

後藤白書は、日本経済の先行きをつねに的確に言い当て国民に見通しを与えたが、高度経済成長は想像しなかった。戦後の復興は朝鮮特需など幸運な側面があったが、近代化(技術革新)は安定成長によって実現すると考えていたのである。ホンダやソニーはようやく町工場から脱しつつあったぐらいで、メイド・イン・ジャパンの時代にまだ間があった。

おそらく、とここで思うのだが、後藤が「もはや戦後ではない」と記したとき、小結まで昇進した父親の相撲部屋がある両国育ちの後藤は、下町の変わらぬ庶民的な秩序を志向していたのではないだろうか。だが日本経済は急角度で機首を上げ、天空へ向かって一気に上昇した。高度経済成長は日本人に物質的な豊かさをもたらすことになるが、それはのちに一九七〇年（昭和45年）十一月二十五日、市ヶ谷の自衛隊で自決する三島由紀夫の〝遺言〟、「無機的な、からっぽな、ニュートラルな、中間色の、富裕な、抜け目がない」日本しか残さなかった。

昭和三十一年に戻ろう。表のスターは石原慎太郎であり、その時代を「もはや戦後でない」と命名した陰の主役・後藤譽之助は入れ替わりに人知れず退場する。

第6章　ライバル三島由紀夫

芥川賞受賞の翌月から石原慎太郎は引っ張りだこになっている。

とうとう当代一の売れっ子作家である三島由紀夫と対面する。

銀座八丁目の文春ビルの屋上で並んで「別冊文藝春秋」のグラビア写真を撮影してからそのまま応接室へ入り、「文學界」四月号のための対談の段取りになっていた。

屋上のテラスで名乗り合ってから　眼下の電通通りを眺める位置に立った三島由紀夫は手摺から大きく身を乗り出して辺りを眺め回した。いかにもというポーズに見えた。つられて慎太郎も手摺に手をかけたら、煤煙でひどく汚れている。手を叩いて半歩下がったのに、三島は相変わらず同じ姿勢でいる。

「三島さん、手摺は埃で汚れていますよ」

「あ、そうかい」

三島は特別にあつらえたと思われる鶯《うぐいす》色の背広を着て、背広の色にあわせた同じ鶯色の高価ななめし革の手袋をしていた。背広も手袋も手摺のせいでひどく汚れてしまった。

「汚れたでしょう」

撮影が終わってから気遣って言うと、

「ああ、いや、たいしたことはない。それより君この写真のタイトルを何とつける。僕は考えてきたんだ。新旧横紙破り、どうだい」

ガハハハ、と哄笑すると手袋をぱたぱたと叩いてみせた。

ひとつひとつが演技のように大仰に見えた。

「文學界」の対談には「太陽の季節」をもじって「新人の季節」というタイトルが付けられていた。「今読み返してみると私のほうはまだまだぽっと出の若造で、それだけに、三島氏は出来の悪い学生に精一杯つきあって合格点を出してやろうという教授のような苦労をいろいろしてくれていた」（『三島由紀夫の日蝕』）と回想しているが、なかでも語彙力が人一倍の三島ならではの表現に納得した。

「フローベルがある人にこういう質問をされた。あなたはいかなる光栄を求めるか。するとフローベルは、私の求める光栄はただ一つである。道徳紊乱者の光栄だといったそうだ。そういう点では石原さんもちょっと光栄に浴しているかな。（笑）」（「文學界」昭和31年4

月号）

「道徳紊乱者」という言葉を初めて耳にした。咄嗟に理解できなかったが、言葉の響きで感性が応じた。風紀を乱す意味らしい。なるほど、紊乱者か、これまでにない説得力のある言い方で自分を位置付けてくれている。

遠藤周作に批判されたことを思い出していた。

「遠藤周作氏があの作品には抵抗がないというようなことをいっていますが、抵抗も対象があるから抵抗というので、僕が共感を感ずるああいう人間たち（「太陽の季節」の登場人物）には、抵抗しているという意識は全くないのです。（略）モラルを紊乱したと言うけど、そう思うのは、既成モラルを狂信している人間だけで、若い世代には別にそういうものをかきまわそうというつもりもない。——唯、無意識にああいうことをしていることによって、いまにその人間は新しいものをつかんでいくと思う」（同前）

三島は「無意識なリアクションが……」と、「無意識」というところに反応した。

この五カ月後、石原慎太郎は「価値紊乱者の光栄」という論文を「中央公論」に発表する。三島由紀夫からもらった「道徳紊乱」ではなく、つまり単に風俗を掻き回したのではなく、もっと意味のある言葉を、と「価値紊乱」に表現を変え、自分の立場の理論武装を試みた。だがあまりうまく書けたとはいえない。

無意識でやってしまっている行動のすべてを説明するのはむずかしい。湘南高校時代から付き合いのあった新進の文芸評論家・江藤淳は、自分を説明しきれない石原慎太郎を評して、のちに「無意識過剰」と揶揄した。

それはともかく、三島由紀夫はこの初対面の対談冒頭で、石原慎太郎を思いっきり持ち上げた。

「この十年間いろいろ小説を書いてきて、みんな戦後文学の作家たちが佐官級になったわけだ。僕は万年旗手で、いつまで経っても連隊旗手をやっていたのだが、今度、連隊旗を渡すのに適当な人が見つかった。石原さんにぼろぼろの旗をわたしたい。それで石原さんの出現を嬉しくおもっている。この人なら旗手適任でしょう」（同前）

お世辞ではなかった。三島は、この四年後に筑摩書房が発行した『新鋭文学叢書』第８巻「石原慎太郎集」の巻末にきわめて好意的な「解説」を寄せ、「太陽の季節」を美しいレトリックで讃えている。

〈それにしても『太陽の季節』のどこがスキャンダラスであろうか？　これはつつましい羞恥にみちた小説ではないか？　障子紙を破って突き出される男根は、羞恥に充ちてはいないだろうか？　中年の図々しい男なら、そのまま障子をあけて全身をあらわす筈ではなかろうか？　ひたすら感情のバランス・シートの帳尻を合わせることに熱中し、恋愛の力学的操作に夢中になり、たえず自分の心をいつわり、素直さに敵対し、自分の情念のゆるみを警戒するのは、ストイシズムの別のあらわれにすぎないではないか？　恋をごまかす優雅な冷たい身振の代りに、恋をごまかす冷たい無駄な性行為をくりかえすのは、結局、或る純潔な感情のときめきを描くために、ロマンチックの作者が扇や月光を使ったように、扇の代りに性行為を使っただけではなかろうか？〉

三島が『金閣寺』を書き上げたのは同じ昭和三十一年秋であった。この作品は、小林秀雄が「きみの才能は非常に過剰でね、一種魔的なものになっているんだよ。僕にはそれが魅力だった。あの滾々として出てくるイメージの発明さ」と絶賛したように、三島文学の金字塔といえる。

三島が『仮面の告白』でデビューしたのは昭和二十四年七月だった。デビューといえば颯爽とした感があるが、すでに記したが三島の名前は当時ほとんど知られていない。『仮面の告白』が出版と同時に江湖の話題をさらったとするのは俗説で、ほんとうはまったく無視された。刊行から半年後、花田清輝が「文藝」に「聖セバスチャンの顔」と題した批評を書いてから、ようやく注目されるようになったのである。

ついでに言うと三島は、戦中、十九歳で『花ざかりの森』を出版しているので、天才作家として早く世に出たように錯覚されているが、これも誤りである。『花ざかりの森』は、日本浪曼派の一部の作家、批評家から評価されたにすぎない。ほんとうは元内務省官吏の祖父とつながりがあった用紙会社を利用して、実質、自費出版のような形で刊行されたのであり、三島が有名になってから、伝説のごとき評価が定着していったとみるのが正しい。

幾つかの留保をつけたが、三島が若くして華々しく登場したのはまぎれもない事実であった。『仮面の告白』は刊行の翌年、花田の評価が文壇に染み渡り急に売れだした。そして注文も殺到する。三島の年齢は昭和の年号といっしょだからわかりやすい。昭和二十五年、二十五歳で売れっ子作家になった。この年の六月、長篇『愛の渇き』が新潮社から出た。さらに十二月に『青の時代』も出た。中央公論社からは『純白の夜』が出た。一年間に書いたのはこれだけでなく、戯曲も短篇もある。『愛の渇き』は七万部売れた。『純白の夜』はすぐに映画化が決まった。封切りは翌年夏で、森雅之と木暮実千代の共演だった。

三島が、しばしば王朝的な雅びの世界を描いたので、ブルジョアの家系と信じられているが、生まれてからずっと地味な借家暮らしだった。父親は官吏で、すでに昭和十七年に農林省を局長で退官、いったん国策会社に天下りしたが、この当時は年金生活者だった。三島は父親の厳命で、昭和二十三年に大蔵省に入るが半年ほどで退官、背水の陣で作家を志したのである。

作家として当初は多少の躓《つまず》きもあったが、昭和二十五年に入るといきなり裕福になる。

三島は、それまで住んでいた渋谷区大山町の借家から、目黒区緑ヶ丘へ引っ越した。緑ヶ丘の一帯は陸海軍の将官クラスが住んでおり、田園調布や成城などに似た高級住宅街の匂いがあった。三島の引っ越し先の敷地は二五〇坪ほどあった。ただし近所の古老の証言によれば、相場の半額ほどで購入している。以前の住人が首吊り自殺していたからである。

三島が中学一年から二十五歳まで住んでいた大山町と呼ばれていたところは、いまは渋谷の東急本店の裏手、渋谷区松濤になっている。松濤といえば屋敷街のイメージだが、三島が育った家はごくふつうの住宅街の側にあった。敷地は六〇坪程度でしかない。建物はゆったりとした大きさとは、とてもいえない。首吊りの家でもよいから、一刻も早く、狭い借家暮らしから脱出して大きな家に住みたかったのである。

順風満帆だった。溢れるように、つぎつぎと作品が生まれた。『潮騒』が新潮社から刊行されたのは昭和二十九年六月である。発売三カ月で七〇刷に達した。十月には映画も公開された。純愛小説なので文壇は無視したが、三島はこの作品で大衆に知られる最も著名な作家になった。タレント的地位も得た。前年から新潮社で刊行され始めた『三島由紀夫作品集』全六巻も完結した。二十九歳では異例である。

そして三十一歳、「新潮」(昭和31年1月号~10月号)で「金閣寺」の連載を始めている。秋に完結する予定だった。石原慎太郎との対談は、そんな時期であった。

三島と同世代の作家たち、「第三の新人」と呼ばれた安岡章太郎、吉行淳之介、小島信夫、庄野潤三、遠藤周作、近藤啓太郎らは「太陽の季節」と前後してつぎつぎと芥川賞を受賞するが、彼らはあくまでも三十代の若い「新人」にすぎない。だが同世代であっても三島由紀夫だけ別格である。その関係はずっと続いた。

だいぶ時間が過ぎ、三島由紀夫が自決してから数年後、吉行淳之介は「スーパースター」というタイトルのエッセイを書いた。吉行は『暗室』で谷崎潤一郎賞を受賞したがその授賞式について、こんなふうに回想している。

「その空いていた椅子にはほんのすこし遅れて、彼が座った。私と同年輩の小説家であるが、選ぶ側と選ばれる側とに分れてしまっていた。彼が異常ともおもえる若さでジャーナリズムに登場し、以来精力的に作品を発表しつづけると同時に、いろいろ華やかな話題を提供してきたためである」

そして自分がデビューしたころの友人の作家との会話を綴った。

「彼の作品論をしても仕方ないよ」

友人は手を横に振り、言葉をつづけて、

「スターなんだから」

三十一歳の三島は二十三歳の石原慎太郎との初対談で「この人なら（連隊旗）の旗手適

任でしょう」と持ち上げた。ライバルの出現を意味した。ただし、必ずしも文学の枠内でなく、スターとしての地位を脅かすライバルに違いないのだ。

第7章　拳闘とボディビル

ではスターとはどういう存在なのか。ただの作家ではない、そういう生き方とは何か、である。あらためてここでいうスターとは何か。「銀幕のスター」などという場合とは分けて考えておきたい。ひとつひとつの小さなタコツボの業界、作家だけでなく芸能人や政治家や学者や経団連や労働組合や商店街や町工場などの「社会」を、心のうちに自由に横断する人である。

日本では作家は狭い業界のなかに棲んでいる。人びとが生活する社会という空間のなかではごく一部を占めているにすぎない。理念が先行して社会が動いていくヨーロッパとは異なる。彼らの世界においては、作家は社会全体に影響力を持つもっとメジャーな位置を占めてきたが、日本の作家のテーマは「私の営み」が中心で「社会」や「公」とはほど遠いアウトローな場所にいた。

石原慎太郎は、三島由紀夫から道徳紊乱者という言葉をもらうと、「価値紊乱者の光栄」というエッセイを書いた。

「不遜な言い方だが、僕についてあの大騒ぎは一体何だったのだろうか。それはもうすでに社会現象であって文壇の責任外にあると、ある批評家は言ったがそれは誤りである。社会現象なればこそ文壇も又その社会連帯責任の一端を負うべきである」

自分は「スラム街から工場に通う赤貧の若いセンバン工、苦学している学生、あるいは月に二度しか郵便の来ぬような島の若い漁師」から「共感の手紙」をもらう、そういう拡がりを心得ていると言いたいのだ。彼らは狭い場所で語られるジメジメとした観念や知性とは別の世界におり、健康な肉体感覚をもっている、と。

先ほどの受賞直後の「文學界」四月号の対談で、石原慎太郎は太宰治が嫌いだと言っている。

「僕は所謂小説家という人間がきらいだったんです。太宰治みたいにね。あの人が非常に、いわゆる小説家というような感じに思えたな」

「なるほど」

「要するに小説家というような自意識をもちすぎている人間のような気がしたんですが。それで僕は非常に三島さんに全然小説を書かないまえから魅力を感じていたのだけれども、それは小説のほかに、なにかまだやりそうだなという感じです。妙な小説家の意識というようなものを感じない気がしたので」

三島由紀夫はかつて、太宰治の悩みなんていうものは冷水摩擦したり、朝起きてラジオ体操でもすれば治ってしまう類いのものだ、と皮肉った言い方をしていた。

ところがここで少し食い違いが起きる。

「あなたの例と僕の例は一言にしていえば逆だと思った」

三島由紀夫は、ひたすら小説家になることしか考えていなかったからだ。

「僕は小説家の意識ははじめ強かった。それより若いときもっと強かった。つまり、自分を小説家として規定して、ほかに生き甲斐がないと思った」

しかしトーマス・マンを読むようになって考え方を変えた。トーマス・マンは、はじめ芸術家意識が強かった。だが芸術家であるだけなら、しだいに衰亡の一途を辿るほかはない、と気づいた。したがって服装ひとつでもいかにもという弊衣破帽式のかっこうはしない、むしろ銀行家と間違われるようなかっこうをする。太宰流の「いかにも」というふうな雰囲気は見せない。

文春ビルの屋上での写真撮影の際に、鶯色の背広に同色のなめし革の手袋をしていた姿をここで石原慎太郎は思い出していたかもしれない。だがあれは確かにそこら辺りの作家とはずいぶん違うけれど、銀行員とは似ても似つかぬ趣味の悪さではないか。

「そういうことで芸術家というものを隠すというようないきかたになった。いかに隠すかということが、僕の文学だと思うようになった」

という三島の説明は石原慎太郎の言い分に必ずしも同意しているわけではない。そう感じた石原はさらに食い下がった。

「どうも僕は、いわゆる小説家というのはきらいだな。というか、小説しか書けないような人間……」

三島の答えはどちらでもなかった。

「それはだから、一種の全人意識だね。なんでもできなければ人間嘘だからな。その点ゲーテは政治家であり、あらゆることができたし、色彩に関する研究もしたしね。しかし芸術も一所懸命やらなければとてもできることではない。えらい仕事だからね」

三島由紀夫はこの時期、「金閣寺」の連載を始めて三カ月ほど経っていて、快調なすべり出しに手応えを感じている。芸術家として絶頂期を迎えようとしていたのだ。

そしてもうひとつ、生まれて初めて性的関係をもった女性との恋愛もまた絶頂期にあった。すべての歯車が心地よい軋み音を奏でながら回転している、そういうときにはかえってあらぬ不安が首をもたげるものだが、絶頂期の三島は、不安を作品のなかで昇華させる術さえも心得ていた。

ここで少し場面転換をさせてもらう。

新宿の高層ビル七階の都知事室で、こんな会話になった。

「猪瀬さん、三島由紀夫は三十歳近くまで童貞だったってほんとうなんだね。『ペルソナ 三島由紀夫伝』を読んで、あらためて腑に落ちたよ」

「そうです。二十九歳ごろに赤坂の有名な料亭の十九歳のお嬢さんと付き合いはじめてからなんですね。ある意味ではそれが自身の〝肉体の発見〟につながっていくのではないかと思います」

三島由紀夫は『美徳のよろめき』など女性読者も多いので婦人雑誌からの原稿依頼が絶えなかった。「不道徳教育講座」というエッセイの連載はそのひとつである。そこにさらりと私事を紛れ込ませていたりするのである。巧みにカモフラージュされているから読者は素通りしてしまう。こんなふうに。

「二十九歳の時に結婚することになった学友から、

『実は恥を打ち明けるのだが、僕はまだ女を知らないので、どうしたらいいものか教えてくれ』

とたのまれて、ずいぶん物保ちのいい男だとおどろいたことがある。かく言う私も、魅力が足りなかったせいかして、童貞を失ったのがすこぶるおそく、これが人生の一大痛恨事になっている。自らかえりみて、それで以て得をしたということは、一つもなかったと思っています」(「不道徳教育講座」『三島由紀夫全集29巻』所収)

三島由紀夫は二十九歳まで童貞だった。拙著『ペルソナ　三島由紀夫伝』からそのくだりを引く前に、石原さんとの会話をつづけよう。

「三島さんがボディビルをはじめたのは、童貞だったことと関係があるだろうね。それがふっきれたところで望ましい肉体を獲得したい、と思ったのかなあ」

そこからボクシングの話に移った。三島由紀夫のスパーリングに付き合ったときのことを。

石原さんが「太陽の季節」で作家デビューして間もないうちに、三島由紀夫はボクシングを習い始めた。スパーリングに付き合わされたときの違和感は、ちょうど裕次郎がチンピラをつぎつぎと殴り倒した敏捷な動きに感動したことと正反対なのだ。三島には運動神経がそもそも備わっていない。まるで勘というものがない。石原さんは記者会見などの印象から誤解されやすいキャラクターなので少し補足するが、こういう話をする際には肩の力が抜け静かで素直な口調で決して挑発的ではない。

三島由紀夫のボクシングの話に入る前に、「太陽の季節」の主人公が拳闘部の学生であったことを思い起こしておいてほしい。さらに三島はボクシングを始めるほんの少し前からボディビルを始めていたことをも。じつはボクシングというカタカナの語感はまだ新しく、酒気を帯びた薄暗がりの空間に野次と怒号の飛び交う野卑な人間たちの世界と思われていた「拳闘」のイメージからボクシングへと少しずつ切り替わる時期だった。ボディビルはコカ・コーラと同じく初めからカタカナの輸入品であった。

三島由紀夫についてのほとんどの人の印象は、船員刈りの短髪、面長の顔に精悍な眼、ボディビルで鍛え上げられた肉体であろう。

少年時代の三島は痩せていて顔色も蒼白かった。朝礼のとき、学習院院長は三島を急病人と早合点して、近くにいた教師に注意を与えたこともあった。クラスではアオジロとからかわれた。現代ならいじめに該当するだろう。だが、たわいのないからかいもある年齢を過ぎると違ってくる。腕力と知力の逆転する時期がくるからだ。

国語教師が生徒に俳句をつくらせた。優秀な句を幾つか黒板に書いた。そのなかに青城という号の句があった。クラスメイトは、それがアオジロの作だとすぐにわかるとゲラゲラと笑った。心に免疫をつくれば、もう笑われても平気になるし、平気な顔をすれば笑われなくなる。三島は中学四年のとき成績もトップになり、クラス委員長に推された。

やがて作家としても〝クラス委員長〟になったが、虚弱な体質は未解決のまま残され、周期的に襲われる胃痛にも悩まされていた。

『潮騒』がベストセラーとなり、映画化の段取りが進んでいたころ、三島は贔屓にしていた中村歌右衛門のための新作を準備していた。夏の終りのある日、歌舞伎座の歌右衛門の楽屋で和服を着た十九歳の娘と出会った。色白の肌、細い腕、切れ長の眼のその女性は、文楽の人形のようだった。

ここからはしばらく『ペルソナ　三島由紀夫伝』より抜粋しながら進めたい。その女性をX嬢と記したのは、執筆当時には結婚されたご主人が民放局の幹部として活躍していたので本名の豊田貞子で登場させるわけにはいかなかったからだ。

歌右衛門の楽屋で偶然に会ったX嬢と、一週間後に銀座でばったり再会して交際が始まっている。

三島は、有楽町のヴィクトリアという喫茶店に誘った。紅茶を飲みながらとりとめもなく時間を過ごした。「また、ここで会おう」と約束する。数日後、またヴィクトリアで待ち合わせた。

三島は、自分が女性に対して臆することなく肉体関係をもつことができるのか、不安だったはずだ。芝居っけたっぷりにラヴレターを書き、デートはするのだけれど、肉体関係にまではいたらない。『仮面の告白』では、軽井沢で「園子」とコチコチの接吻がやっとだった。だが流行作家となったいま、三島と名乗れば、ゲイバーでもクラブでもたちまち人の輪の中心になる。わざと三文文士風に危ない風を装い迫ろうとするが、諧謔《かいぎゃく》が先に立ってしまう。

ところが料亭の娘であるX嬢へはすっと自然に入っていけた。彼女は、デートの都度、新しい着物を着て来る。それ自体が、あらかじめ芝居がかっている。十九歳なのに、すでに粋筋の水を呑んで育ったから適度に男を立てながらの受け身の仕種が少しも厭味を感じさせない。

二人で封切の映画を、歌右衛門の歌舞伎を、銀座でフランス料理を、新橋の割烹で和食を、と繰り返した。それから渋谷の花街から少し外れたところ、松濤の入り口あたりに古い屋敷を旅館にあつらえた人目につかないところがあり、予約制のそこへ彼女を誘い込むことに成功した。

『沈める滝』に、「顕子は贅沢で、和服を着ている。昇は山の手の住宅街の中にある元は誰様の邸であったらしい静かな日本旅館へ電話をかけた」と出てくる。そこへ向かうタクシーの暗い車内で「女の手を軽く組み伏せるように握って、自分の腿のそばへ」と置く。「手は鞣《なめ》し革《がわ》の感触をもち、冷たくかすかに汗ばんでいた。（略）昇は女の手をすこし強く握った。それを欲望の対象だと確かめることが必要だったので」とある。

ようやくつかんだ女性の肉体だった。二人は文字通り連日、逢瀬を重ねた。そして必ず旅館へ行った。しだいにデートコースは旅館の順が先になり、それから夕食、そしてナイトクラブへ、と変わった。そのころはナイトクラブの全盛期である。飯倉のゴールデンゲート、新橋の銀馬車、乃木坂のコスモポリタン、渋谷のパール、ラミ、東京駅に近い丸の内クラブ、そして最もお気に入りは内幸町のマヌエラだった。銀馬車では中華料理も食べることができた。二人は夜の更けるのも忘れダンスに興じた。

この時期、三島は仕事を減らした。『近代能楽集』に収められている「班女《はんじょ》」を書き、また新劇「白蟻の巣」と書き分け、「芙蓉露大内実記《ふようのつゆおおうちじっき》」では歌舞伎の演出も手がけたぐらいである。書下ろし評論『小説家の休暇』は日記風の随想で、六月二十四日から八月四日まで、気楽なポーズでその日の天気から芸術論までつづったものだ。

随想ではまったく触れられていないが、X嬢とは毎日べったりで、たしかに休暇であった。さらりと、こんなことも書いている。

「大体において、私は少年時代に夢みたことをみんなやってしまった。少年時代の空想を、何ものかの恵みと劫罰《ごうばつ》とによって、全部成就してしまった。唯一つ、英雄たらんと夢みたことを除いて」

そこに石原慎太郎の「太陽の季節」が新人賞候補作として「文學界」七月号に掲載され

る。慎太郎はまだ一橋大に在学中で二十二歳だった。この作品が芥川賞を受賞して文壇が荒々しい新人の出現に驚き拒否反応を示す前に、三島は逸早く、それに気づいた。

『小説家の休暇』の七月六日の項に「最近私は、『太陽の季節』という学生拳闘選手のことを書いた若い人の小説を読んだ」と書き留めている。『潮騒』の健康な純愛は、野放図な「太陽の季節」に描かれる戦後風俗に、いとも簡単に乗り越えられていたのである。

ある週刊誌が早大ボディビル部の写真を載せ、「誰でもこんな体になれる」とキャプションが付いているのを見て、「病人が何でも新薬をためしてみるようなもので、私は躊躇なく編集部に電話をかけ早大の玉利コーチを紹介してもらった」のである。

秋口からボディビルのジムへ通いはじめた。いったん決めたらきちんとスケジュール通りにやるのが三島流である。週三回、きっちりと練習をした。体重は四九・五キロ、身長一六三・五センチである（昭和天皇の１６５センチはこのころの平均身長だった）。

京都の金閣寺へ取材に出かけることにした。

金閣寺が放火で燃えたのは昭和二十五年七月二日である。翌日の新聞には「金閣寺全焼す」の大見出しが躍っていたが、さらにそのつぎの日、犯人の放火の動機について、やや小さめの見出しで「〝美しさ〟に反感」（朝日新聞、昭和25年7月4日付）とある。当時、批評家の小林秀雄が「金閣焼亡」という一文で「金閣を焼いた青年は、動機は、美に対する反感にあったと言っている」と気にとめ、三島もそれを読んでいた。

この五年前の事件をいま書くことが、三島にとって「英雄たらんと夢みたこと」の成就となるのであろうか。

取材へ出発したのは十一月初旬である。三島は寸暇を惜しみ、羽田から飛行機で大阪の伊丹空港へ行き、それからタクシーで京都へ向かった。もちろんジェット機などなく、国産プロペラ機YS11もない。ダグラス社のDC4が運航していた。滑走路にはペンペン草が生えていた。

すでに金閣寺は新築されている。かつてのくすんだ歴史の重みを感じさせる金閣でなく、現在でも見られるキンキラキンの金閣である。

東京へ残した恋人に、「毎日、材料集めにまわって、帰ってからは材料の整理に忙しく、祇園寺のお庭を拝見する折もなさそうです。明日は金閣寺火つけ坊主の故郷を訪ねて東舞鶴へゆきます。そのあとで、妙心寺へも泊まります」と伝えた。

「金閣寺」の連載の滑り出しは上々で評判もよかった。追加取材のため（石原慎太郎との初対談の翌月の）三月にもう一度、京都へ行くことになり、このときはX嬢を同伴した。

祇園花見小路の旅館に泊まった。一見《いちげん》お断りの風情のある宿は、X嬢の縁故で手配した。父親・平岡梓には都ホテルに泊まる、と言い残している。三島は粋筋の娘との交際など、とても認めてもらえないと諦めていた。三十一歳になっていても。

小説の主人公、東舞鶴の辺鄙な岬の寺の一人息子は、幼いときから住職の父親が語る金閣寺の美しさを想像するのだった。やがて上洛し金閣寺で徒弟奉公を始める。そういう書き出しで、連載は一〇カ月つづく予定であった。

その間、X嬢への耽溺はさらに強まった。文芸評論家・奥野健男は、六月三日の日曜深夜二時過ぎ、三島から突然、電話がかかってきたという。北杜夫が遊びに来ていて帰ったところだった。六月といえば、ちょうど十月号までの連載が半ばを過ぎている。電話口の三島は、だいぶ酔っており、自分は性的に女性を充分に満足させられることができた、とくどいぐらい繰り返し、自慢した。

やがて三島の作家活動の頂点となる『金閣寺』が刊行される……。

そのころにX嬢から妊娠を告げられている。三島は困惑し、実際には勘違いと判明するが二人の関係は急速に冷えていく。

『ペルソナ　三島由紀夫伝』の解説（文春文庫版）を書いたフランス文学者・鹿島茂は、三島由紀夫の自信が肉体的恋愛に支えられていたことに納得がいくと述べている。

「私は個人的には、昭和三十年代初頭の『小説家の休暇』に描かれた頃の自信にあふれた三島が最も好きだが、この自信がX嬢との肉体的恋愛によって支えられたものだとは初めて知った。これは三島由紀夫という人間をある程度理解している者にとっては十分に説得的な説である。そして、その回復された自信をもとにして書かれたのが『金閣寺』であるというのも納得がいく」

石原慎太郎との初対談は、三島がボディビルを始めてから半年後である。一五キロのバーベルが一七・五キロになっていたころだ。まるで洗濯板だと自嘲していた七九センチしかなかった胸回りは八三センチになっていた。

ちなみに昭和四十五年（１９７０年）の自決の年、筋骨隆々の三島は八〇キロの重さのバーベルでトレーニングしていた。

三島由紀夫に転機をもたらしたのは和服姿がよく似合うX嬢との肉体的恋愛、野放図に振る舞う拳闘選手が登場する『太陽の季節』という作品、スター石原慎太郎その人の登場だった。

三島はボディビルを始めて一年後、「ボディ・ビル哲学」で、「風邪を引いて三週間ほど休んだことが一度あるほかは、まず精励して来た。もともと肉体的劣等感を払拭するためにはじめた運動であるが、薄紙を剝ぐようにこの劣等感は治って、今では全快に近い」と豪語するまでになっている。

まるで人生に開眼したかのように「こういう劣等感を三十年も背負って来たことが何の

利益があったかと考えると、まことにバカバカしい」「三十年の劣等感が一年で治るのであるから、私が信者になったとて無理ではあるまい」とまで言い切った。
さすがにこれではあまり単純すぎるので三島らしい逆説的表現をつけ加えることも忘れない。
「キリスト像があんなにアバラが出て痩せこけているのは、人間が精神を視覚化するときに、なるたけ肉体的要素を払拭した肉体を想像する傾きがあるからであろう。その反対でバッカス像は必ず肥っている。それは快楽と肉と衝動の象徴だからである。こうした象徴は世間の常識に深く入っている。（略）
肉体と精神のバランスが崩れると、バランスの勝ったほうが負けたほうをだんだん喰いつぶして行くのである。痩せた人間は知的になりすぎ、肥った人間は衝動的になりすぎる。現代文明の不幸は、悉《ことごと》くこのバランスから起っている。（略）近代芸術の短所は、まさにその点にある。知性だけが異常発達を遂げて、肉がそれに伴わないのだ」（漫画読売、昭和31年9月20日）
こうした論理をつきつめていけば当然、ボディビルだけでは飽きたらなくなる。これを書いたわずか一カ月後、『金閣寺』が出版された時期だが、ボクシングに挑戦した。
「ボディー・ビルを一年やったら、何か他の運動をはじめようと思っていたので、このごろ日大拳闘部の好意で、小島智雄監督の指導の下に、合宿所の練習に参加させてもらっている。もっとも『試合には決して出たがらない』という一札を、小島氏から前もってとられたから、決して花々しいことにはならない。（略）なぜボクシングをやりたくなったかというと、それが激しいスピーディーな運動だからである。ボディー・ビルの静的な世界は、肉体の思索の世界ともいうべきで、そこでは動きとスピードへの欲求が反動的に高まってくる。そして動くもの、スピーディーなものが美しいことは、ソクラテスもいっていることである」（毎日新聞、昭和31年10月7日）

もちろん『太陽の季節』を意識しているがそれを隠すことすら忘れている。

「私は自分が住みたいと思う理想的な世界を考えるのだが、そこではボクシングと芸術とが何の不自然さもなしに握手しており、肉体的活力と知的活力とが力をあわせて走り、生と芸術とが微笑をかわしているのである。それじゃ『太陽の季節』じゃないか、という人があるかもしれないが、話はそれほど簡単ではない。私は私のやっていることが一場の喜劇にすぎず、小説家がボクシングをやっている姿はやはり漫画的であり、私の理想世界は夢にすぎないことを知っている。しかし三十を越したからといって、先生呼ばわりなんかされて、骨董をいじくったり、俳句をひねったりするようになるのは死んでもイヤだ」

昭和三十一年（１９５６年）十二月十日、ボクシング観戦に慣れ親しんでいる石原慎太郎の案内でフェザー級の東洋チャンピオン金子繁治と同日本チャンピオン中西清明とのノンタイトル十二回戦の試合を観戦した。ほとんど金子のＫＯ勝ちが予想される試合で、実際に四回まで一方的な展開で、五回に中西が二度ダウンして終わったかと思われた。ところが立ち上がった中西が左フックを金子の顔面にヒットさせ逆にダウンを奪い、壮絶な展開になった。六回に中西が再びダウンして金子のＴＫＯ勝ちが決まった。

三島は「美しきもの」とのタイトルで新聞に寄稿した。

「中西は二度もダウンした。二度目のダウンから立ち上って、精神力だけで打った強打が、油断していた金子に片ひざをつかせたときは、六千の観衆は熱狂した。（略）幸いリングサイドの席であったから、私は何度もダウンしながらカウント七ぐらいで立上る中西の凄愴な表情をつぶさに見ることができた。立上るとき彼は、見えない中空に何ものかを探すように、鋭い目であたりを見まわすのだった。彼の目に敵は見えなくなる。しかし敵は必ず存在するのだし、それもこの白い無情のリングの中で、彼を待ち構えていることは必定なのだ。だから彼は敵を探し出さねばならぬ。

渦巻きのような世界、目まいと苦痛と観客の歓呼とでギッシリ詰った固い世界、暗黒と光輝との交代する世界……この中に敵を、またしても自分に苦痛を与える相手を、必死に探し出そうとしている彼の目は、実に美しかった。こればかりは、舞台や映画では決して

見ることのできないものだ」（共同通信、昭和32年1月1日）

「われわれが美しいと思うものには、みんな危険な性質がある。温和な、やさしい、典雅な美しさに満足していられればそれに越したことはないのだが、それで満足しているような人は、どこか落伍者的素質をもっているといっていい。その晩、やはり試合を見に来ていた石原慎太郎氏が控室の便所の白い陶器にちらばっている選手の吐血のあとの美しさをしきりにたたえていたが、そのとき氏は『美しい』という言葉を使わなかったけれど、私には氏がそれを美と感じたことがわかるのであった」（同前）

二人はこの試合について大いに語り合い、意見を同じくした。石原の感想もつけ加えておきたい。

「現代の芸術が我々に満たすことの出来ない、英雄的人間への渇仰がそのリングで満たされた。それもむしろ、敗れた中西によって、ある美的な感動さえ伴いながら、僕が願望し渇仰するある僕自身が明らかにそこに見られたのだ」（「文学への素朴な疑問」「新潮」昭和32年5月号『孤独なる戴冠』所収）

ボクシング観戦からしばらくして三島由紀夫は実際にスパーリングを試みるのだ。石原慎太郎は、当時ではまだ珍しかった八ミリカメラでの撮影を引き受けた。

三島由紀夫は言った。

「昨夜はこのことを考えると、嬉しくて嬉しくて眠れなかったよ」

だが三島の興奮と緊張はたいへんなもので、顔面は緊張のあまり蒼白になり、二ラウンドのスパーリングが終わってもまだ血の気がさしてこなかった。

石原慎太郎はのちに『三島由紀夫の日蝕』に書いている。

「事前のパンチングバッグやサンドバッグへの打ちこみは一応の体は成していたが、肝心のスパーリングになるとどういう訳かパンチがストレートしか出ない。痩せた三島氏に比べて肥満したコーチの小島智雄氏はヘッドギアもつけず、アマチュアのスパー用の頭ほどもある大きなグラブをつけて対しているが、そのフットワークの方が三島氏より軽快で三島氏はなかなか追いつけない。そのうち小島氏の方がしびれを切らしたように立ち止まり、『さあさあ』と声をかけ、三島氏はここぞと打ち込むが相手はなれたものでブロックもせず、体を上下左右してのダッキングだけでかわしてしまう」

都知事室での記憶をたどりながらの僕との会話も、ほとんど同じ内容だった。

「三島さん、ストレートしか繰り出さんのだよ」

だから見かねて叫んだのだと言う。

「フック！　フック！」

思うように動かないぜんまい仕掛けのおもちゃの理不尽さに手を焼いている子どものよ

うに、石原さんはずっと昔のことなのにまだ不満げであった。

……ゴングが鳴ってコーナーに戻った三島は、依然蒼白で吐く息ばかりが荒くて、ギアの下の眼が坐っている。

第二ラウンド、小島監督は顔を差し出すようにして打たせ、パンチがきいたようによろけてみせたりしたが、それが励みになったか、周りからかかる声に気負って三島がストレート一本のラッシュをかけると、小島監督が軽く身を捻りながら、「それいくぞ」と声をかけての反撃で二つ三つパンチを放つ。それがガードの空きっぱなしの三島をまともにとらえ、よろめいた。

スパーリングを終えると、シャワーを浴びて出てきた三島はいままでとうって変わった上機嫌の饒舌となり、部員たちとしきりに何やら声高に話しあっていたが、石原のいることにようやく気づいた。そこで石原が言った。

「なんでフックを打たないんですか、ストレートばかりで」

「フックはまだ習っていないんだ」

少し不機嫌な顔で答えた。

三島由紀夫にも、忸怩たるところがあった。新聞に短いエッセイを書いている。

「最近小島先生と三ラウンドのスパーリングをやったのを、石原慎太郎君の八ミリシネにとってもらいましたが、それをみていかに主観と客観には相違があるものかと非常に驚き、目下自信喪失の状態にあります」（毎日新聞、昭和32年6月16日）

都知事室の会話では、石原さんの三島由紀夫への不満が、ボクシングのストレートパンチの問題ではなく、根本的に相容れない価値観の相違であって、のちの方向性の分岐点があのスパーリングから明白になったということだった。「連隊旗手」を譲渡するはずの二人の先輩・後輩の同志的な蜜月は、わずか一年か二年のごく短い期間であった。

『三島由紀夫の日蝕』でそのあたりをなぞっておきたい。

三島由紀夫は間もなく、スパーリングをやめた。頭に残るショックが強すぎるので危険と思ったのは賢明だった。

ボディビルは他のスポーツを補うために有効な手段であって、そのものがプロパーなスポーツとはいえない。ボディビルによって培われる肉体は、他のさまざまな機能を要求するスポーツによって獲得される肉体とは異なる範疇の肉体でしかない。

スポーツは、それによってのみ与えられ満足を味わうことができるほどの肉体を獲得するためには、その途上に誰しもが危険さえともなうさまざまな身心の試練に晒される。負傷だけでなく、苛立ち、怒り、屈辱、劣等感などがそれだ。人間の精神の肥満を削ぎ落とし、結果としてよろず人間の資質に関する公平な認識を育て、さらに謙譲さ、忍耐、自制心を培い、つまり精神の強靭さを与えてくれる。

ボディビルによる肉体の獲得の過程にはそれなりの受苦はあるが、その鍛練は単純安全な反復に耐えるということでしかない。他のスポーツには付随してある精神あるいは情念における苦痛はまったくない。ただ反復に耐えれば、間違いのない株を買うように目に見えた配当がもたらされるかもしれない。それに満足できる者はそれでよいし、決して満足できない人間もいる。しかしそれらを一律に並べることはできない。両者はカテゴリーが異なるのである。

三島由紀夫の自分自身に対する偽善は、ほんとうはわかっているにもかかわらず自らに偽りの肉体の贈物をしたということだ、としだいに非難めいた口調になっている。

ボクシングのスパーリングから四年後、一九六一年（昭和36年）、三島由紀夫はボディビルで鍛え上げた身体を写真にして残したいと思った。暗黒舞踏の創始者・土方巽の写真が評判になっていた二十八歳の新進の写真家・細江英公に、三島は自分の著書の表紙に使う写真を撮ってもらいたい、と編集者を通じて依頼した。

このころすでに三島由紀夫は緑ヶ丘から引っ越し、大田区南馬込に白亜の豪邸を建てている。細江が訪ねると玄関脇の芝生の上のテラスに白いテーブルと椅子があって、上半身裸の三島が黒いサングラスをかけて日光浴をしていた。

近くアポロンの像をここに立てる予定という大理石の上に、ゴムホースを身にぐるぐる巻きつけその一端を口にくわえ大型の木槌で頭を打つ格好でポーズしてもらった。細江は大きな脚立からそれを見下ろすかたちで撮影しようというので、カメラを見上げてほしいと注文した。貧弱な身体を強い意志力で単純な反復を繰り返すボディビルで鍛えあげた三島らしい答えが返ってきた。

「自分の特技は、何分間でもまばたきしないで眼を見開いていられることだ」

細江が三五ミリフィルムの一本三六枚を撮り終えてもまだまばたきしない。すぐフィルム交換して撮り続けたが、まだ眼を見開いたままだった。カメラアングルをわずかに移動しながら、もっと強く見つめて、もっと強くと叫ぶうちに二本目の撮影を終えた。三島はそのときはじめて眼をまばたいた。

これを手始めに三島邸以外の場所、廃工場や岩場のある海岸など撮影は半年に及んだ。翌年、銀座松屋での写真展に「薔薇刑」のタイトルで二〇枚の写真が出品された。

同じ頃、石原慎太郎は雑誌のグラビアの撮影のため真冬の海の上でヨットに乗り、上半身裸になった。冬の凪いだ海の上でその日のいちばん強い陽射しを満喫するために着ていたものを脱いでグラスを手にデッキに坐り、隣の船からカメラを構えていたのは、奇しくも「薔薇刑」を撮った細江英公だった。

『三島由紀夫の日蝕』によれば、雑誌が出た翌日、突然三島から電話がかかってきた。そのときは気づかなかったが、銀座松屋の写真展が開かれていたときだった。

「あのグラビア拝見しました」

いきなり言った。なんともはしゃいだ風の例の哄笑で、

「君も、もういよいよ駄目だね、あれを見て気の毒で気の毒で。後はもう腹が出るのを待つだけでしょう、ほんとうに情けなくて涙が出たね」

「ああ、あれですか。そんなにひどくはないですよ」

「いや、自分でそれがわからなけりゃもっとみじめだよ。君ももう少し鍛え直したらどう」

「ボディビルでですか」

「いいコーチを紹介しようか」

「あんなものやったら走れなくなりますよ。僕はいまサッカーじゃいい線いってるんですけどね」

「なんだろうと、あの身体じゃもう駄目ですね」

といった会話だった。

三島由紀夫は冗談半分で人をからかうのが好きだった。しかし、この場合は半分本気の

色合いであった。動的なボクシングに「美しきもの」を感じたはずの三島は、まばたきしないオブジェとしての肉体に完全に淫していた。

第8章 『亀裂』と『鏡子の家』

石原慎太郎は『太陽の季節』だけを書いたわけではない。昭和三十三年（1958年）までのわずか二、三年の短期間に、強い感情が堰をきったようにほとばしり出て、手が追いつかないほど怒濤の如く書きつづけ、またスターをも演じつづけた。

「灰色の教室」「太陽の季節」「冷たい顔」「取り返せぬもの」「奪われぬもの」「処刑の部屋」「日蝕の夏」「失われた女」「喪失」「黒い水」「北壁」「悪い夢」「空港にて」「透きとおった時間」「婚約指輪」「狂った果実」「青い舷燈」「傷痕」「恋の戯れ」「舞扇」「男だけ」「ヨットと少年」「旅の果て」「若い獣」「接吻泥棒」「蟷螂の庭」「白い翼の男」「谷川」「完全な遊戯」「ギンザ・ファンタジア」「それだけの世界」「栄光を白き腕に」「水中花」「渇いた花」「怒りの果実」「男の掟」「鱶女《ふかおんな》」「遊戯の終点」「不死鳥《フェニックス》」と、文芸雑誌から娯楽雑誌まで短篇作品に週刊誌連載の「月蝕」を加えると、四〇点も発表している。

シュルレアリスムの用語にオートマティスム（自動記述or自動筆記or自動書記）と呼ばれる手法があり、眠りながらの口述や常軌を逸した高速で文章を書くことにより意識下の世界の描出を試みようとする。これだけの作品量をこなすのは何かに憑かれていなければ不可能にも見える。まさに石原慎太郎は意識でなく肉体で書いていたともいえる。

タイトルだけでもよく思いつくものだと感心する。

そのうえに映画のシナリオを、『狂った果実』『日蝕の夏』『婚約指輪』『俺は待ってるぜ』と書いて、さらに自らの映画出演も裕次郎ばりとはいえないとしても『日蝕の夏』『婚約指輪』『危険な英雄』（いずれも東宝）と三作も主演している。

芥川賞を受賞したときに伊藤整にアドバイスを受けた。

「この際、文学以外のことでも興味が湧くものは何でもやったらいい。作家というのはね、他人がなんと言おうと好きなことを勝手にやったらいいんです。やってみて失敗したところで作家なんだから、今度はなんでそれが失敗したかを書いたらいいんです。作家というのはしたたかな商売なんだから」

なるほど、それでいいのかと開き直った。一年か二年はそれに徹するつもりでいたが総仕上げに初めて長編作品に挑むつもりだった。それが昭和三十三年に刊行した『亀裂』（「文學界」昭和31年11月号〜32年9月号）である。

「現代という状況の中での、人間の純粋行為、真実の恋愛、教養、そして職業方法の可能性への打診」であり「その殆どが絶望的に不可能だという報告」であり、「それらは私にとっての一生を通じての主題」なのだ。そして「『亀裂』は、私が私の文学主題を主題として明示した初めての作品でもある。作家は一生に一度、必ずこうした作品を書くものだと思う」（『石原慎太郎文庫2』昭和39年）とのちになっても断定しているぐらいの意気込みだった。

『亀裂』で一区切りをつけたうえで石原は一橋大生四人を引き連れ、さっさとスクーターでの半年近い南米冒険旅行へと出発してしまう。

この章の冒頭に掲げた夥しい作品群を眺めるだけで僕にはそのデモーニッシュな尋常でないパワーを認めることができるし、何よりも僕は『ペルソナ　三島由紀夫伝』の著者だから、あらためてあの天才・三島由紀夫がどれほど石原慎太郎に共感しつつライバル視していたかを今回確かめるよい機会だと思っている。

この『亀裂』という長編作品について文壇はほとんど無視するかないしは批判するかでまともに向かい合おうとしていない。しかし三島由紀夫が、これはちょっとこれまでのそこら辺に転がっている日本的な現代小説とは違うぞ、という言い方で従来の物差しで安易に否定しないほうがいい、と書いた三四ページにもわたる長い批評が「現代小説は古典たり得るか」である（三島由紀夫『裸体と衣裳』所収）。

そこで「これは石原氏の今までの仕事のうちで最良のものであるのみならず、戦後の長篇小説の名篇と並べても、さほど見劣りのしない作品だと思われる」と評価してこう結論づけた。

「到達不可能なものだけが小説における現実の意義であり、そのアクテュアリティーの本質であり、又同時に、その古典性の保証であるのかもしれない。現代の謎から身をそむけるにせよ、それを全面的に受け入れるにせよ、作家の信じた『生』や『現実』の存在は、それへの到達が不可能であることによって、却って作品の鞏固《きょうこ》な存在条件をなすのである」

三島由紀夫は半年間のニューヨーク行きが間近に迫っている最中、わざわざこの長い批評を急いで記して旅立った。帰国の途に就くのは年末、年明けにすぐ新しい長編の構想を練り始めている。ニューヨークでずっと脳裏を支配しつづけた思いは、『金閣寺』を超えるものを、である。それまでの三島は〝鬼才〟などと評されたが今は三十代半ば、真の意味で〝大家〟と呼ばれるにふさわしいスケールの作品を用意する決意だった。

結婚でさえその新しい作品『鏡子の家』の片手間のような形で決めたふしがある。X嬢との別れを癒すかのように作品と結婚は同時進行で動き出していた。

三島の父親・梓は学習院の桜友会（同窓会）を通して候補者を〝公募〟した。履歴書が集まってきたが気に入ったものがなく見合いまで進むケースは少なかった。有名女子大のルートも模索された。そのころ聖心女子大では、重要な方面から見合い話があると自信をもって正田美智子を推したものだった。容姿はもちろんのこと、日清製粉社長令嬢であり、英会話を習い、テニスなどスポーツに励み、聖心女子大ではプレジデントと呼ばれる全学委員長をつとめ、あらゆる面で申し分ない優等生だった。だから父親・梓のリストにその名が載るのは自然の成り行きだった。

歌舞伎座でそれとなく出会い、その後、ひそかに銀座の小料理屋の二階で、という段取りだった。僕は『ペルソナ　三島由紀夫伝』の執筆の際この話が気になり、その小料理屋を訪ねた。ひっつめ髪の年配の小太りの女将は「あの部屋で」と僕に指さして示した。そのころ正田美智子を皇太子妃にという非公式な水面下の動きが出ている。正田家の立場は微妙で、この縁談はそれ以上に進展しなかった。

三島は昭和三十三年三月二十三日の項（『小説家の休暇』）に「長篇はやっと緒についた」と記している。五月五日に日本画家・杉山寧の長女で日本女子大二年に在学中の娘・瑤子と見合いした。その席で聞きようによってはきわめてビジネスライクに響く、スケジュール的な言い方をした。

「約一千枚の長篇にとりかかっている。今後、仕事が本格的になってくると、とても結婚どころではなくなってしまう。私としては仕事の前に決着をつけたい」

五月九日に杉山家と結納を交わし、六月一日に明治記念館で結婚式を挙げている。

結婚する前も、してからも、三島は長篇『鏡子の家』にかかりきりだった。一五カ月かかって翌年の六月末に、九四七枚の大作は完成する。

三島由紀夫が『金閣寺』のあとに、今度は「時代を描く」のだ、として全力投球した『鏡子の家』は、この『亀裂』に刺激を受けた、とする説がある。

石原慎太郎は『太陽の季節』からずっと毀誉褒貶につつまれてきたし、その後の誰もが知っている政治家としてのあり方も毀誉褒貶につつまれつづけた。それが不徳のいたすところだとしても、その結果が作品の評価をも貶めているのは公平ではない。

栗原裕一郎という奇特な評論家（主著に『〈盗作〉の文学史』）がいて、石原慎太郎の全作品をちゃんと読んでみようという企画を立てた。

「作品についてまともに論じられている様子はあまりない。石原慎太郎という人物にまつわるイメージから生じている『どうせ大した作家じゃないんでしょ』という予断が薄く広く共有されており、読まずとも『慎太郎の小説は駄目な小説』と言い放って許されるに違いないという弛《ゆる》い共謀の空気が醸されていて、みんなそれに安んじているように見える。

（略）僕自身もそういう予断から自由ではなかったし、そうした思い込みだけで何となく貶《けな》すようなことを言ってしまったことがないではない」（豊﨑由美との共著『石原慎太郎を読んでみた』）

栗原裕一郎は荻窪の小さなライブハウスで二〇一二年四月から一年間一二回にわたり、書評家・豊﨑由美と対話しながら「いつも心に太陽を」というイベントを開催した。連続イベント企画の性質上、作品をつぎつぎと俎上にあげ、行きつ戻りつしながらつづけたという。

栗原と豊﨑の対話から『亀裂』のおおまかなあらすじを読者と共有しておこう。

豊﨑　主人公の都築明は、大学院で社会心理学を学びながら小説を書いている青年作家。作品が映画化されるくらいの人気作家なんですね。でも小説を書いているシーンはほとんど出てこない。

栗原　駿河台の山の上ホテルと思しき都心のホテルに籠もって原稿を書く、というシーンはあるんだけど、すぐナイトクラブに遊びに行ったり、女を連れ込んだりする。

豊﨑　電話一本で女を呼び出せる、典型的なリア充型の小説家ですね（笑）。で、明のなじみのクラブで雇われマネージャーを務めているのが、通称フィフティという男。そのクラブへ同じようにやってくる常連客に、新進女優の泉井涼子、ボクサーの神島らがいる。
栗原　それから、また別のバーの雇われマスターをしているのが、通称スマッシュこと浅井。バーのマスターというのは表の顔で、そのバーの経営者であり、建設会社の社長であり、議員でもある高倉という大物に雇われて、裏では殺し屋をやっている。
豊﨑　スマッシュとフィフティは戦友だったんですよね。スマッシュは戦争での経験がもとで深い虚無感にとらわれてしまって、ほとんど精神を病んでいるような状態です。ＰＴＳＤ（心的外傷後ストレス障害）のひどいやつでしょうか。
栗原　究極的なニヒリズムに陥って、精神が空白になってしまっているという。そして、本筋にはあまり絡んでこないけれど、明の弟の洋は、大学でラグビーをしながら右翼思想にかぶれている。勝ち気で生意気で、石原裕次郎のイメージにかなり近いですね。
豊﨑　インテリになんか社会は任せられないという、テロルも辞さないと断言するかなり過激な右翼思想の持ち主です。
栗原　洋は理想主義的な左翼思想に幻滅して、反動で行動主義的な右翼に走ったらしい。この辺もやはり、消費社会が台頭して左翼が失墜した当時の世相を反映していると言えると思います。裕次郎がモデルなんでしょうけど、インテリ嫌い、知性への嫌悪といった側面は、初期から一貫した慎太郎の思想ですね。

豊﨑　暇つぶしに訪れたボウリング場では、「これはスポーツでは決してない、ゲームでもない。こいつは、言わば現代に飼い馴らされ現代に調整された人間の、新しい習性の調練のようなものだ」と難癖をつけて、結局ボウリングはやんない。だったら行くな！

栗原　ボウリングと対極になっているのが、神島のボクシングの試合シーンですね。明は小説家という職業にどこか懐疑的で、書くということが目的になると、行為としての純粋性が失われると述べます。「太陽の季節」でもそうでしたけど、慎太郎作品には、肉体の究極の時点においてある種の至高のものが具現する、あるいは、知性では到達できない、肉体を通してのみ辿り着ける絶対的なものがある、というモチーフが繰り返し登場します。

　こうした個性的な群像が時代の混沌のなかでもがく姿が描かれる。そして「現代が無数に造り出しては待ちかまえている亀裂《クレバス》の中にそうやって自ら堕ちこむことだ。いや、とうから放りこまれているその亀裂の中でそれを乗り切ろうと這い廻ってみる」ことのなかに出口を見出せるのかどうか。

　物語は展開し、主人公の都築明が小説家という自分の仕事に対しても決意を新たにした以下の文章は、石原慎太郎の決意表明になっている。

「俺はもう一度なまなかにやっている小説という仕事を自分について考え直してみる必要

がある。（略）俺は小説と俺の間にある距離を取り戻さなくてはならぬ。

そして、くり返され常に完成されることのないこの仕事の中で、俺は俺自身を引きずり、小突きながら生き直すことが出来ないか。神島が拳闘という行為の中でその充足を感じていったように、傍観者としての作者ではなしに、この、今の、俺自身を、小説という仕事の主体者として置き直すのだ。

現代に於ける人間像の動態的態様、全体性、その運動の傾向をある一人の人間像の内に組み立てるという筈の俺のテーマは、先ずこの俺自身の中に見出されなくてはならぬ。

描こうとするものが描かれ、描かれようとするものが描くというこの自己解体の往復行為の内に、俺は俺自身の確証をつかみ、自由への復権を目指さなくてはならない筈だ」

（『亀裂』）

主人公の都築明をツヅキメイと読ませるのは〝続くまい（続かないだろう）〟との逆説であり、強い意志の情熱を込めたつもりだろう。

『石原慎太郎を読んでみた』を読んでみて僕の結論を述べると、石原慎太郎に対して食わず嫌い、かんたんにいうと偏見のかたまりであった豊崎由美は、石原慎太郎の作品のレベルと時代的な意味について、イベントの回を重ねるごとに先入観が裏切られていくスリルを心地よく味わっている様子が見てとれた。さすが書評家である。そして僕自身も、読み残している作品がいかに多いのか気づかされた。

豊﨑　この企画が始まるまで、慎太郎がこんなに語られていた作家だったなんて知りませんでした。だって、あの三島由紀夫が慎太郎に嫉妬して一本書いたなんて、びっくりですよねえ？

栗原　『鏡子の家』が『亀裂』に刺激を受けて書かれたというのは比較的通説になっているみたいなんですけど、三島本人が明言したわけではないようです。いろいろ見るとですね、どうも慎太郎自身が吹聴していたのが定着したっぽいですね（笑）。（略）ただ、故なき吹かしというわけでもなく、たしかによく似てはいるんですよね。慎太郎が後年『亀裂』について振り返った文章があるんです。

〈私が私にとってこの初めての長編小説で描こうとしたのは、消費社会という日本社会に新しく到来した文明の中での新しい風俗が新しい感性を産み、それが新しい価値観にも繋がっていこうという、大袈裟にいえば文明工学の原理についてだったともいえる〉（「未曾有と未知の青春」『石原愼太郎の文学3』所収）

この文章は、三島が『鏡子の家』の広告のために当時書いた文章と主旨に共通点がある。個人でなく「時代」を描こうとしたところだ。

〈「金閣寺」で私は「個人」を描いたので、この「鏡子の家」では「時代」を描かうと思つた。「鏡子の家」の主人公は、人物ではなくて、一つの時代である。この小説は、いわゆる戦後文学ではなく、「戦後は終つた」文学とも云へるだらう。「戦後は終つた」と信じた時代の、感情と心理の典型的な例を書かうとしたのである〉（「『鏡子の家』そこで私が書いたもの」昭和34年8月）

さて『鏡子の家』のほうだが、屋敷をサロンにして開放しているマダム鏡子と、そこに集まる四人の男、エリートサラリーマン、学生ボクサー、純粋無垢な日本画家、美貌の無名俳優――が主な登場人物で、たしかに構成も似ているといえなくもない。

『鏡子の家』の書き出しは「みんな欠伸《あくび》をしていた」である。これからどこに行こうか、月島の向こうの埋立地へでも行ってみようか。勝鬨橋へ向かった。

「鉄板の中央部がむくむくとうごき出した。その部分が徐々に頭をもたげ、割れ目をひらいた。鉄板はせり上って来、両側の鉄の欄干も、これにまたがっていた鉄のアーチも、鈍く灯《とも》った電燈を柱につけたまま、大まかにせり上った。（略）こうして（主人公の）四人のゆくてには、はからずも大きな鉄の塀《へい》が立ちふさがってしまった」

勝鬨橋がまだ開閉式であったころの話である。

冒頭の勝鬨橋のシーンは、主人公たちに壁を暗示させた。「四人が四人とも、言わず語らずのうちに感じていた。われわれは壁の前に立っている四人なんだ」という設定である。「彼らの少年期にはこんな壁はすっかり瓦解《がかい》して、明るい外光のうちに、どこまでも瓦礫《がれき》がつづいていたのである。日は瓦礫の地平線から昇り、そこへ沈んだ。ガラス瓶《びん》のかけらをかがやかせる日毎《ひごと》の日の出は、おちちらばった無数の断片に美を与えた。この世界が瓦礫と断片から成立っていると信じられたあの無限に快活な、無限に自由な少年期は消えて、二度と戻らない。

青年たちが自分の役割や目標を見失いはじめるのは、日本の経済的繁栄の達成度と明らかに比例する。すべてが用意され、すべてが整い、個性を自覚する機会が喪われ、出番がない。その意味で、三島が『鏡子の家』で引き絞った弓から放たれた矢には、安定してしまった時代を射抜く意図が込められた。

だが登場人物はあまりにも三島の分身にすぎ、時代そのものの象徴にまで引っ張っていくのは少々辛いところが見えた。

「俺はその壁をぶち割ってやるんだ」と考えるボクサーの峻吉は、肉体派である。いま起きたことでもただちに忘れられる才能を持っている。チャンピオンを目指し、いったんは頂点に立つが怪我で前途を失い右翼青年となる。

「僕はその壁を鏡に変えてしまうだろう」と言うのは美貌のナルシスト、新劇俳優の収である。女たちは彼の美貌を見逃さない。だが女を愛せない。痩せた身体にコンプレックスを抱きボディビルを始めたが、愚連隊にあっけなく殴られる。そして醜い高利貸しの年増女に身体を傷つけられるマゾヒスティックな快楽に耽り、やがて心中する。

有能な商社マンの清一郎は、「俺はその壁になるんだ。俺がその壁自体に化けてしまうことだ」と考えながら、いっぽうで世界の崩壊を信じている。ニヒリズムを隠したまま他人の反感を買わないよう、注意深く生きている。つねに自分がどう見られているか計算しながら行動する仮面を被った人物だった。

「僕はとにかくその壁に描くんだ。壁が風景や花々の壁画に変ってしまえば」と、画家を目指す夏雄は、熱烈に信じた。夏雄は童貞で、実際に三島自身のようだが、この人物には唯一、最後になって希望が託される。

『亀裂』と『鏡子の家』は小道具にも似ているところがある。三島と石原の間につきまとったいわくつきのボディビルとボクシングである。登場人物にひとくさり自分のボディビル美学を語らせるのだ。

「人間の形態的な美は、そういう運動機能をはるかに超《こ》えて、それとは別の、独立した美的倫理的価値を帯びて来るのであって、そうでなければ、希臘《ギリシャ》彫刻の理念は生れなかったろう。そこでこの独立した価値の獲得のためには、投擲《とうてき》や打撃を目的としない訓練、何の役にも立つべきではない訓練が必要であり、筋肉は筋肉それ自体を目的として鍛えられねばならない」(『鏡子の家』)

そしてあのスパーリングのときのセコンド役・石原慎太郎の「フック! フック!」の叫びも忘れていなかった。

ボクサーの峻吉は誇らしげに画家の夏雄へ向き直って言う。

「君はこういう瞬間を知ってるか? 左フックが見事に決った、こういう、何ともいえない、すばらしい瞬間を?」

『鏡子の家』は昭和三十四年(1959年)九月に発売され、一カ月で一五万部売れた。だが批評家の評判は芳しくなかった。

三島にとって渾身の書下ろしが失敗作などと評されるのは予想もできないことだった。大作を書き終え「日記」に、「前から私は、この書下ろしがやがて完成するという事態に、何だか不気味な、不吉な、信じがたい気持を抱きつづけていた」と、昂奮さめやらぬ調子であった。やることをやったいま、つぎの不安が待っている。つぎに何をしたらよいのか。もちろんそんな心配も、批評家たちの大喝采を浴び紙吹雪の下を歩きながら案ずるはずだった。ところが佐伯彰一は「作中に出てくる人物は全部三島由紀夫のいろんな面を部分的に代表しているだけだ。そういう意味では全部が作者の分身で、幾つかに分けてみた分身の間には、全くぶつかり合いが起らない」と批判した。たしかに登場人物は図式的な役割を担わされた。だが三島が意図したことだった。

僕は『鏡子の家』はチャレンジングな作品だと思っている。上梓から五年後に新潮文庫の解説を担当した翻訳家・田中西二郎（『白鯨』や『郵便配達は二度ベルを鳴らす』などの訳者）はその「時代」を描く方法論の新しさについてサマセット・モームの「メリー・ゴー・ラウンド方式」の採用ではないかと気づいた。サマセット・モームは、二、三の主要人物だけをとらえて、まるで地球が彼らのまわりを回ってでもいるかのように扱う書き方に不満を抱き、青年時代に『メリー・ゴー・ラウンド』を書いている。

「私はこの世の中に私の愛している娘と、私の情熱の行く手を邪魔する恋仇《こいがたき》と、三人だけでいるわけではない。私をとりまくあらゆる人びとの上にも、あらゆる種類の胸の躍《おど》るような冒険的事件が起こりつつあるのだし、それらの事件は私の冒険が私に対してもつのと同じ重要性を、彼らに対してもっているのだ」

あるいはまたモームはこのようにも説明した。

「イタリアの修道院にある大きな壁画のなかで、あらゆる風俗の人があらゆる多種多様なことを行なっているが、観者はそれを一眸《いちぼう》のうちに収めることができる、そういう壁画のようなものとして、私は自分の小説を考えた」

まさに「時代」を描く斬新な考え方である。三島由紀夫は、石原慎太郎の『亀裂』を読んでいるうちに、舞台につぎつぎと現れるその登場人物の多彩さ、しかも存在感が等価であることに気づいたと思う。「時代」を運んで来たのは石原慎太郎だった。そして博覧強記の三島由紀夫なら、モームのチャレンジを知っていた可能性が高い。ただ実際に書かれたモームのその作品は失敗作としてモーム自身が絶版にしている。それも知っているからこそ、意気込みの大きさも違っていたのではないか。狭い了見しかない批評家にめった斬りにされたのではたまったものではないと悔しい思いに耽ったであろう。

三島由紀夫は「日記」に、大作を脱稿したのでこれからは「西洋の小説家たちが二、三年に一作を発表するのが慣例」であるように、自分もそうしたいと希望を語っていた。「日本のせわしないジャーナリズムの中で生き」るのはもうごめんだ、と。それも『鏡子の家』が『金閣寺』にも増して喝采を浴びたらの話で、夢敗れたのだ。さらに評価される大作を書かなければならないのである。

では南米のスクーター冒険旅行から帰ってきた石原慎太郎はどこへ向かったか。

第9章　「あれをした青年」

考えてみれば不思議な光景だった。一九五九年（昭和34年）四月十日の出来事である。昭和二十年代末に力道山のプロレスで街頭テレビに火がつき、民間人の正田美智子嬢が皇太子妃に決まりミッチーブームが起き、皇太子明仁・美智子妃の「ご成婚」を期待してふつうの家にテレビが入った。

テレビ画面のなかの劇場に映し出されたのは、皇居内での「結婚の儀」で十二単《ひとえ》の美智子妃がしずしずと歩む姿であり、一転して二重橋から登場した六頭立て四頭引きのオープン馬車。十二単の平安朝風俗とディズニーランド風のパレードのコントラストに、子どものころはまったく違和感を覚えなかった。

テレビのせいだと思う。僕にとって真新しいメディアに映し出されるものは、すべて新鮮な見世物興行なのであり、なにが現れてもおかしくなかったのだ。批評する余裕などまったくなかった。

しかし、いまは違う。いまの子どもも違う。あのころは大人が昂奮していたから子どもも昂奮した。宮中での儀式も、すでに雅子妃のときにも繰り返されたので知っているだろうし、さすがに馬車でなく黒塗りのオープンカーになったが、パレードも別にめずらしいものではなくなっている。テレビから飛び出すキャラクターに対しても醒めて眺めている。テレビマンも違っている。当時は、わざわざ沿道に中継カメラのためのレールを敷いたりした。そういうテレビマンの熱気が、五三万人も押しかけた群衆とともに画面を通じて視聴者に伝わってきた。

一九九三年（平成5年）六月九日の皇太子徳仁・雅子妃の「ご成婚」は、各局とも早朝から大同小異の画面になった。これでもかこれでもかと同じ光景ばかりを映す。熱気は伝わって来なかった。むしろ退屈な映像になっている。雅子妃ブームをつくるまでには至らない。あのころのテレビの出現というインパクトと並ぶものは、もうない。

つくづく不思議な光景だったと思う。当時は、テレビのみが可能な生中継画像の力に、僕は圧倒されていたのだ。

馬車のパレードが二重橋を渡り、皇居前広場を通過し、祝田橋を右折しはじめた午後二時三十七分、沿道で万歳を叫び日の丸の小旗を振る人垣の間から、ひとりの青年が馬車へ向かって一直線に走っていく。

背広の裾が羽のように舞い上がった。途中、手にした石を投げつけているが、前方に放り出しているような感じでもある。馬車に手をかけたところにパラパラと数人の警護の警察官が追いつき、両足にタックルするように抱きついた。馬車はスピードを緩めない。美智子妃は上体をのけぞらせ皇太子明仁にしがみついた。

青年はタックルされて引きずり降ろされ、折り重なる警察官の下となり、馬車の後方に消えた。わずか十秒足らずのハプニング劇だった。映像はしばしば送り手の思惑を越える。意図せざる効果を、僕は〝映像の無意識〟と呼びたい。

翌朝の新聞はこうした出来事を見事に交通整理し、ある秩序にはめ込んでしまう。大きな見出しは「おめでとう！　皇太子ご夫妻」であり、「お二人、にこやかに／沿道の歓呼にお応え」となる。紙面の下方に「馬車に乱入した男をとらえる警官」のキャプション入りの写真が目立たないように置かれているが、こんなこともありました、という程度の印象しか与えない。だが、白昼の幻像かも知れなかった光景はテレビの映像によって網膜に焼きつけられた。

この青年について石原慎太郎が「あれをした青年」のタイトルで「文藝春秋」（昭和34年8月号）に寄稿している。南米のスクーター冒険旅行から帰国したのが四月である。

六月、長野市での講演会を終え宿に戻ったところ、面会を申し込まれた。青い背広を着た痩せた青年で顔色も蒼白く眼鏡をかけていた。地方の文学青年かと思った。

「四月十日にあれをやったのは僕なんです」といわれても、すぐに意味がわからない。

青年は十九歳の大学受験浪人で、事件のあと丸の内警察署に留置されてから練馬の少年鑑別所に送られ五〇日間勾留、精神鑑定を受けた。「精神分裂症」と診断書に記され、保護観察処分となり、田舎の実家へ返されたという。

石原は「一昨日出て来たばかりなんですが、そのことやいろいろ、誰かに僕の気持を聞いてもらいたいと思って」というその青年の主張を、こう書き留めている。

「聞きながら一瞬、僕には『四月十日のあれ』と言うのが何かわからなかった。僕は彼を見直した。きっと驚いたような表情だったのだろうか、青年は一瞬困ったように顔を赤め微笑し返した。僕はその時、ニュース映画で見た、細い体つきの、風に乗って踊るような動作で馬車に向って走り出していった青年の姿を思い出した。スクリーンは青年の顔を映し出しはしなかった。しかし、僕は何故かその時、〝ああ、なる程この人がやったんだ〟とはっきり思った」

青年は、自分は狂っているわけではない、と述べる。

「世間の人間はみんな嘘を言いながら暮しています。自分自身に嘘を言っているんだ。僕は半分、気が変だと言うことにされたけれど、実際には、狂っている人が普通で、普通な人が可笑しいんだと本当に思います。（略）いくらなんでも彼（皇太子）の結婚に関しては皆どうにかしすぎていました。あんなことがあんな大騒ぎで我々に押しつけられる理由はどう考えてもどこにもないでしょう」

石原は石原自身の言葉でこう表現した。

「いえ。僕の動機はそんなところにあったのじゃありません。詮じつめた言い方をすれば、公的なものと私的なものとが国家的にあんな大きな取り違い方をされることが恐ろしかったし、許せなかった。たとい、憲法で何になっていようと、その当人の結婚と言うのはあくまで私的なものです」

このあたりから「あれをした青年」は、石原の小説の主人公のようにあるロジックをもって語るように記される。

「皇太子の写真を見ている内に、彼のつけている勲章が眼にされるようになった。勲章と言うものが彼や、彼の父親の天皇の象徴であるように思いました。無意味で無価値なものが、意味があり、価値があるものとして押しつけられる間違いの象徴が勲章だと思いました。だから、彼の胸から勲章をもぎとったらその行為がそうした間違いの象徴的な牽制になる筈だと思った」

「彼だって一応最高学府を出ているのでしょう。それに、美智子さんと言う人は彼より頭も優秀な人だと言う噂です。恐らく、彼らだってあのことがまともじゃないとは、少しは、思っているんじゃないか——」

石原慎太郎は青年に、皇太子はふつうの個人にはなり得ないことを、「彼についての一番の悲劇は、彼が自分自身について考えるという態度を誰からも教わらなかったことじゃないのかな」と説明した。

「そうかも知れませんね。でも、その時は、そうやって僕の直訴を聞いた後で二人が本当に話し合って、近い将来自発的に退位してくれればそれが一番良いと思いました。僕の友人の共産党員と天皇について話し合った時、彼は天皇制は流血革命によらなけりゃなくせないと言ったけど、僕は今時そんな小児病みたいな言い分は通らないと思った。僕らは同じ世代の人間として彼に対する個人的な憎悪は持ち合わしゃしません。ただ、彼の置かれた場が、そして、それのためにとり行われようとしている社会的な間違いが恐しいし、許せないのだ。彼がそれに気づかないなら、当然誰かがそれを言ってやらなきゃならないんです」

とうとう石原自身が「あれをした青年」の心情を、本人に成り代わって小説の文体で表現し始めた。

「四月十日が来た。天気は晴れ上り、気持が良かった。朝起きた時、気持は馬鹿に落ちついていた。やっと、自分自身に対する義務を果せるような気持だった」

「またわからなくなった。一体、この騒ぎは、この熱狂ぶりはなんだと言うのだろうか。こんなことに、この人たちは本当に、本気で、感動しているのか。見物と言うことだけではなしに、彼らは本気でこの出来事を自分たちの幸せとして喜んでいるのだろうか。人々のどよめきに向って僕はぼんやりと突ったち、ただしきりに周りの人たちの顔を覗くようにして見廻していた。彼らが本気でそうやって熱狂しているとすると、これは一体どう言うことなのだろうか、と幾度も考え直そうと思ったが出来なかった。どよめきの中に僕は本当に一人切りで突ったっていた」

「〝馬車だ！〟僕は思った。思った時体が走っていた。馬車には屋根がなかった。その上にあの二人がいた。僕は走った。馬車に向って。そして、知らぬ間に石を投げた。自分でも予期しなかった体の内の何かがそうさせていた。馬車だ、と思った瞬間、最初の石が手を離れていったのだ。次の石を持ち換え、また投げた。石は馬車に当ってはねた。僕は走った。馬車は眼の前に、随分大きく見えた。〝追いすがった！〟と思った。走りより手をかけた時、馬車の上で美智子さんが大きく身をのけぞらすのがわかった。言葉が喉から出ない！　よじのぼり、中に入って、言おう！　その時、追いついた後の手が僕を捉えた」

石原慎太郎の天皇への不信感が、「あれをした青年」の口を借りて現れている。プロローグの「君が代」を「我が日の本」へと言い換える心情の底流はずっと流れつづけているが、それについてはもう少しのちの章で論じたい。そういえばこの翌年に書いた「十八歳」という小説の主人公には、パッとしない工員が犯罪を犯す前、弁当を食べて汚れた手を、弁当をつつんでいた新聞に載っていた皇太子の写真で拭くという描写があり、皇室嫌いの徹底振りの根は深い。

三島由紀夫は四月十日の「日記」で「これを見たときの私の昂奮は非常なものだった」と記しながら、この事件に対照的な感想を抱いた。

「社会的な仮面のすべてをかなぐり捨てて、裸の人間の顔と人間の顔が、人間の恐怖と人間の悪意が、何の虚飾もなしに向い合ったのだ。皇太子は生れてから、このような人間の裸の顔を見たことははじめてであったろう。と同時に、自分の裸の顔を、恐怖の一瞬の表情を、人に見られたこともはじめてであったろう」（三島由紀夫『裸体と衣裳』）

皇太子と一般人との違いは「自分自身について考えるという態度を誰からも教わらなかった」ことだと石原は考える、そのぐらいの違いとしかとらえていない。だが三島はすでに一般人と眼を合わせることのない存在、超越的な存在としてとらえている。この両者の天皇観の違いは、のちに相容れないほどの深い隔たりへ向かう。

青年は、その後、どうしたか。

反抗という生理と、実際の行為の落差をどう処理しているのか、僕には興味があった。事件から三〇年後の一九八九年、僕は『ミカドの肖像』（１９８６年、小学館刊）の続編として、日本人の同調性を再生産してきた映像メディアとしてのテレビの発達史を『欲望のメディア』（１９９０年、小学館刊）という作品にすべく取材を進めていた。ことのついでに好奇心で「投石青年」のその後を調べてみる気になった。

住所が転々と変わっている。一種の〝不敬罪〟だから、出身地の田舎にはいられなかったのだろう。大学受験を諦め、トラック運転手、バーテン見習い、キャバレーのマネージャー、総会屋など仕事も一定していない。

追跡は容易ではなかった。無駄足をかさねてようやく突き止めた。ある日、下町のアパートを訪ねた。不在だった。玄関の三和土《たたき》に置かれた赤い三輪車越しに、配偶者らしい女性と立ち話をした。

「どんなご用件ですか」

こちらも来意は告げられない。わずかな会話だけで夫の過去をいっさい知らないとわかったからだ。あの青年は、五十歳になろうとしていた。妻にさえほんとうのことを知らせていない。ようやく静かな暮らしを得たようだった。「あれをした」代償がこれほど大きなものになるとは思いもよらなかっただろう。それ以上の詮索は止めることにした。

石原慎太郎が南米へ行く直前の一九五八年（昭和33年）十一月に「若い日本の会」が誕生している。江藤淳が呼びかけ、開高健、谷川俊太郎、羽仁進、浅利慶太の五人で結成準備会がつくられ、すぐに石原慎太郎、二年遅れで芥川賞を受賞した大江健三郎、永六輔、黛敏郎、寺山修司らが参加した。

「若い日本の会」は、岸内閣が上程した警察官職務執行法改正案への危惧からスタートしている。警職法案は令状なしの身体検査など「予防拘禁」を可能にする戦前の「オイコラ警察」を思い出させる警察官の職務権限を大幅に拡大させる内容である。反対運動はまたたく間に拡がり、芸能週刊誌までが「デートもできない警職法」を特集した。全学連のデモも激しくなった。

石原が帰国したときには警職法はあっさり廃案となり跡形もなく消えて、すでに記したミッチーブームの真っ最中だった。

「あれをした青年」と会ってから二カ月後、八月に江藤淳が主催したシンポジウムがあり、大江健三郎、谷川俊太郎、浅利慶太などとともに石原慎太郎は参加した。議論を深めるためそれぞれが事前に論考を寄せておく段取りになっている。石原が提出した論考のタイトルは過激で「刺し殺せ——芸術家の行為について」であった。

「あれをした青年」の直接行動が頭のどこかに残っていたのだろう。

論考「刺し殺せ」で、「若い日本の会」でこんな話があったと明かした。我われの会ではデモに参加するか不参加なのか決めようではないかと話し合ったが、自分は「書く」という行為が自分たちの使命であって、「書くことで為政者に対し一人の読者をテロリストとして駆るという事実のほうが貴重ではないか」と言ったら、皆さんに叱られた。もちろん、真顔で言ったのではなく自分はニヤニヤしながら言ったのであって、作家だからといってそんな言葉を使うのは不謹慎であることは承知している。ただこの遅滞した状況を脱けていくためには「新しい行動範型を捜さなくてはならない」のだ、と。

石原は相当に苛ついている。

「私が小説を書く。巷にいう太陽族（？）、平気で人殺しをする青年たちは小説を書かない。残念な話だ。私だって平気で他人を刺したり殺したりしたいものだ。そこまでいけない。そのコンプレクスがおどおどいったり来たり妙にストイックな小説を書きあげさすのだ。平気で人殺しをやってのける、無統制な殺意、あの厚顔な放埒を仕事に持ち込みたいものである」（「刺し殺せ」）

最後に「価値の暴力的紊乱者として（略）、人を刺す代りに、私は人間の文明なるものを刺し殺したい」とこの文章は締めくくられている。

これだけではわかりにくい。やはりシンポジウムの醍醐味はライブでの発言のほうにある(『発言――シンポジウム』所収、昭和35年刊)。

石原のいらいらの行く末はどこへ行き着くか。シンポジウムの主催者・江藤淳が突っ込みを入れた。中島岳志著『石原慎太郎　作家はなぜ政治家になったか』がこのシンポジウムを端的に要約しているのでそれを引きながら整理する。

「きみは実際に政治権力に参画して実行しようと思っているのか」

石原は迷ったまま答えている。

「そういう関心はないしそういうものに対してぼく自身が立候補して代議士になるよりも、僕が考えている小説家の行為というものがある程度充実されてきたら、代議士になる以上の効果があることを期待している。だから自分自身の小説を変えようと思っているし反省している」

まだそのような小説を書けていない、と謙虚に言う。江藤は執拗に食い下がる。

「きみが安易に言語を放擲して実行に走ることだけはやめてほしい。石原さんは本当はそれに適していないし、そうしないことに石原さんのすべてがかけられていると思う」

石原は芸術に対して「九十九%かけてやる」と言うが、それは江藤には弁解に聞えた。

江藤に「なぜ百%かけないのか」と詰め寄られる。百パーセントかけなければ、芸術は芸術たりえないじゃないか、と。石原はあくまでも素直である。

「たえず直接政治に参与する。立候補してみたいという、端的にいえばそういう誘惑というか、そういう意思をもちながら、一%逆の期待をもちながら、おそらく一生小説を書くだろう。おれはおれの態度が一番誠実だと思う」

石原慎太郎はそれでも小説を書き続けるとは言っているが、中島岳志は、この時点で、石原にはすでに「立候補してみたい」という思いがあった、と推測している。ただ中島は一方だけを選べという江藤淳の主張に与《くみ》しているような印象がある。だが江藤のロジックで縛られすぎるとスケールが小さくなり未知の世界はつかめない。これまで書いてきたように石原もそして三島もスターであり（あるいはスターでなくとも）作家が縦割りのジャンルを超えマルチな分野で活躍することで、意外な展開が生まれ発想を豊かにできるのであり、そうでない限り同時代を乗り越えることはできないと思う。

この翌年、いわゆる六〇年安保騒動があり、石原慎太郎は三島由紀夫との「亀裂」を深めながら急流のなかを泳ぎ切ろうとするのである。

第10章　挑戦と突破

一九六〇年（昭和35年）の安保騒動は国会議事堂の周囲をデモ隊が連日取り囲むなか与党自民党の強行採決で五月二十日に条約は可決された。その後も国会へは波状的にデモ隊が押し寄せていた。六月十五日に国会議事堂正門で気勢を上げていた全学連や一部の労働組合が暴徒化して国会内に突入し、東大生の樺美智子が圧死する痛ましい事件も起きている。その後、岸信介首相は混乱の責任をとって条約の批准書を取り交わしたあとに内閣総辞職を余儀なくされる。

三島由紀夫は安保騒動で、つぶさに政治の昂奮を眺めた。デモ隊よりも、彼らの抗議を受け止める「日本の父」に関心が移りはじめていた。

「記者クラブのバルコニー上から、大群衆というもおろかな大群衆にとりかこまれている首相官邸のほうをながめていた。門前には全学連の大群がひしめき、写真班のマグネシウムがたかれると、門内を埋めている警官隊の青い鉄かぶとが、闇のなかから無気味に浮かび上がった。官邸は明かりを消し、窓という窓は真暗である。その闇の奥のほうに、一国の宰相である岸信介氏がうずくまっているはずである。私はその真暗な中にいる、一人のやせた孤独な老人の姿を思った。（略）民衆の直感というものは恐ろしいもので、氏が『小さなニヒリスト』であるということは、その声、その喋り方、その風貌《ぼう》、その態度、あらゆるものからにじみ出て、それとわかってしまうのである」（毎日新聞、昭和35年6月25日付）

『鏡子の家』は日常性に飽いた青年たちの物語であったが、三島は少しずつ、内心にニヒリズムを隠しつつ日常性と折り合って生きている人物を造形していた。『鏡子の家』の四人の青年のうちの一人、有能な商社マンの清一郎もそのタイプの男で「深淵だの、地獄だの、悲劇だの、破局だのというやつは、青春特有のロマンチックな偏見」と醒めている。夢想を棄てて生きる姿勢が、ニヒリストだろう。

いっぽう石原慎太郎が参加した「若い日本の会」ではデモに参加するか不参加なのか議論していたが、彼にとってそれは微温的な政治活動にしか思われなかった。ひたすら執筆に全力を傾けるほうを選んだ。前年八月のシンポジウムのあとに練っていた構想を雑誌の連載にする。「おれはおれの態度が一番誠実」との発言には偽りがなかった。

『挑戦』（「新潮」昭和34年11月号〜昭和35年7月号）が完結したのはちょうど安保騒動の最大の高揚期と重なっている。

もう一つ、戯曲を書いた。「狼生きろ豚は死ね」という過激なタイトルである。「若い日本の会」で意気投合した浅利慶太の劇団四季で上演したのは安保騒動のヤマ場の五月だった。

『挑戦』は実話をもとにして書かれたが、いまなら百田尚樹のベストセラー『海賊とよばれた男』（２０１２年）と同じ昭和二十八年の「日章丸事件」を素材としたといえばだいたいのストーリーはつかめると思う。だが『挑戦』はほとんど話題にならなかった。テーマの設定が半世紀早かったのだ。

『歴史の十字路に立って——戦後七十年の回顧』にこうある。

「私も当時は自民党の単独採決には反対だったが、審議を尽くして決めなければならないと思っていただけで、安保そのものに反対ではなかった。『若い日本の会』には先に名を挙げた以外にも有吉佐和子、小田実らがいて、そのうち若い作家や芸術家だけでなくクレイジーキャッツのリーダーのハナ肇やウェスタン歌手の誰それとかの芸能人も入ってきて、いつの間にかはしゃいでしまい、その会が中心になって行った集会では、即興の安保反対の歌を歌っていたものだった。そうした盛り上がりの中で、単独採決反対のはずがなぜか安保反対になっていった。みんなウキウキしていたが、その実自分が何について何のために何を言っているのかわかっている人間はほとんどいなかったような気がする。実際、日米安保条約なるものの新旧の条約を読み比べていた者がどれほどいたか。仲間でそれを読んでいたのは江藤淳くらいのものだったろう」

たしかに国論を二分する戦後最大の政治運動であったあの反対騒動はいまから振りかえれば奇妙な空気につつまれていた。なぜなら新条約は米軍が日本に引き続き駐留する条件として日本の領域内で日米どちらかが武力攻撃を受けた場合、米軍には日本を守る義務があるとされていたからで、吉田茂首相がサンフランシスコ条約締結時に結んだ旧条約よりも日本側の益が大きいはずだからである。

敗戦から一五年しか経っていないこの時期、戦争はこりごりだという意識が残っており、安保条約によって日本がアメリカの戦争に巻き込まれるという感情的な反撥が騒動を大きくした。いわゆる進歩的文化人と呼ばれた大学教授や作家・評論家がメディアを席巻し、左翼系の総評などの労働組合がデモやストライキなど実力行使を加え、ムードが醸成されていった。反体制的に見えた意識の底に流れていたのは旧敵国に対する漠然とした反米ナショナリズム感情が入り交じったものだった。

したがって『挑戦』は「現実の社会生活の中で疎外されきった一人の戦中派の挫折者が、

彼が方法として信じることの出来ぬ石油会社（出光興産）の営業という職業の中で、突然、国際的に封鎖されていたイランの民族石油を買い付けることを思いつき、病身を賭して奔走し、第一回目の買い付けが成功した時満足して死ぬという話」（『歴史の十字路に立って』）であり、安保反対運動の底に流れていた日本人のホンネとしてのナショナリズムの心情、共生感へと結びつくはずのものであった。つまり戦争に負け敗者として虚脱感にさいなまれた男が、自ら再生すべく立ち上がる物語こそ、ニヒリズムを克服する鍵であった。

文芸評論家・奥野健男が「イギリスの妨害を排してはじめてイラン石油買付けのため入港した極東丸歓迎の感激的場面には感動せざるを得ない。力強い男性の文学だ。石油業界の説明も的確簡明で、この小説をひきしめるのに大きな効果になっている」と認めたのは五年後の一九六五年（『昭和文学全集6　石原慎太郎』解説）であり、刊行された時点での『挑戦』への評価は「パチンコ屋で聞く軍艦マーチのよう」であり「滑稽なヒロイズム」というステレオタイプの非難であった。ニヒリズムを克服するはずの健全なナショナリズムは、国民国家を形成するために不可欠な背骨となるはずだが、左翼的なムードが支配的な言説空間のなかで行き場を失っていた。

「狼生きろ豚は死ね」も政治抗争を寓話的にしたものだ。

五月の開演前、石原と浅利で対談をした。浅利が「文化人の政治行動だっていって胸に花をつけて徒歩の行進を[illegible]のするだろう。そういうとき僕は心強いと思うよりかえって危いと感じるんだ」と言い、石原は「芝居の[illegible]ば、はっきり、裏切られた人間だけが初めて、その中に対して本当の意志的な行為の情熱」が認められるのであり、「そうじゃないところから出発した人間は結局、認識も行為もすべてが図式で終ってしまうね」と答えている。

石原慎太郎にとって、片手間で政治にかかわっているつもりの文化人の安保反対闘争など、もはや関心の外でしかなく、自分が何を責任もって背負えるか、いわば家長的な立場や振る舞いについて考えはじめていた。

同じ時期、三島由紀夫は「宴のあと」の連載を「中央公論」（昭和35年1月号〜10月号）で開始。前年の東京都知事選で、革新陣営に推され立候補して敗れた有田八郎元外務大臣（広田、第1次近衛、平沼、米内内閣で歴任）とその妻で料亭般若苑の女将がモデルになっている。これまでも『青の時代』や『金閣寺』など事件に材を取ったが、生の政治情況を取材したのは初めてだった。一九五九年の都知事選は、安保改定を控えて自民党が都知事を死守しなければならなかったので大物候補有田の弱点を徹底的に攻めた。般若苑の女将をめぐる怪文書が飛び交ったのである。

女将はこう応える。

「政策なんて二の次ですよ。選挙はお金と心情だけが大切で、私は教育のない女だから、その二つだけでぶつかるつもりよ」

怪文書は週刊誌でも話題にされたので、この会話は元外相の三度目の妻が実際にしゃべったように受け取られた。有田がモデルとされていることは明らかだから、知性も教養もある紳士でありながら内実は儒教的で通俗的であるような描かれ方をすると、読者は、それもまた実際であるかのように錯覚してしまう。

「宴のあと」最終回の原稿を書き上げた三島はハワイ、北アメリカ、ポルトガル、スペイン、イタリア、ギリシャと絵葉書を並べたような世界一周の新婚旅行に出かけた。あの白亜の邸宅を金ピカに飾ったように日常性を飾った。二カ月あまりの旅行から帰ると、三島は有田からプライヴァシー侵害で告訴されるのだ。

『鏡子の家』は不評で、『宴のあと』は告訴されで、三島は滅入ったが、つぎの大作もモデル小説になるのである。

近江絹糸の労働争議に材を取った「絹と明察」は「群像」（昭和39年1月号〜10月号）に連載された。当初のタイトルは「日本の父」を予定していた。抽象的に時代を描こうとした『鏡子の家』が失敗作とされたこともある。現実的な「時代」をテーマに選んだ。

三島は『絹と明察』で、究極の家長とはなにか、結論を出そうとしていた。それは岸信介のようなニヒリストとしての官僚ではなく、慈悲深くすべてを見通す絶対者であり、日本的なるものの体現者なのだ。主人公・駒沢善次郎とその〝明察〟のなかに天皇のイメージが浮かび上がってくるのである。

『金閣寺』の成功まではよかったが、以降の三島は明らかに運気が傾いた。

『宴のあと』は裁判沙汰となり、巻き返しをはかった『絹と明察』も毎日芸術賞を受賞したもののあまり売れず初版一万五千部、三カ月後に三千部増刷してそれっきりだった。『鏡子の家』は批評家の賛同こそ得られなかったが一五万部に達していたのだから、致命的な落差である。この間に突然宇宙人が出現するSF調の『美しい星』が二万部、横浜の山手に暮らす未亡人と中学生の前に船乗りが現れる、筋書きは違うが西部劇の名作『シェーン』を思わせる『午後の曳航』、うまい小説だな、と僕は思うが、五万部しか売れなかった。

こうして三島の一九六〇年代前半は失意のうちに終わる。

いっぽうの石原は活動領域をさらに拡げていった。そのぶん立ちはだかる敵も増えた。クリエイターとしての作家活動は、三島の場合は小説と批評と戯曲が中心になるが、石原は小説だけでなくすぐに映画にも乗り出し、裕次郎をスクリーンに登場させただけでなく自らも監督や主演もこなした。戦後復興の過程でパワフルな新興の映像メディアは影響力も市場も急拡大して出版メディアを凌ぎはじめた。一九六〇年に映画館数七五〇〇、どんな田舎町にもあった。テレビ受像機は皇太子「ご成婚」を機にほとんどの家庭へ普及した。石原は出版メディアにこだわらず他分野へ進出した、というよりそこで波風を起こした。そして「劇団四季」の主宰者・浅利慶太との出会いから演劇の世界にも〝価値紊乱〟をもたらすことになる。

いま日比谷公園の真ん前、帝国ホテルの隣に聳え立つ地上八階・地下五階の日生劇場は二十九歳の一青年の思いつきがきっかけで誕生した。

「あれは今思い返してみればみるほど、夢のまた夢の実現だった。ああした奇跡は今のちまちました社会、ちまちました人間ばかりの現代ではとてもあり得ぬことに違いない」（『私の好きな日本人』）と石原が振り返るように高度経済成長の一九六〇年代は何でもありの空気が漲っていた。

日生劇場はオペラ・現代劇・歌舞伎・ミュージカルの上演が可能な一三〇〇余席の当時としては画期的な空間である。

『狼生きろ豚は死ね』がそれなりに評判になってから、浅利慶太と議論した。東京には演劇やミュージカルのための適当な空間がない、第一生命ホールや三越劇場などかぎられている、場所も偏っている、ならば渋谷パンテオン劇場は閑散としているからあれを改造して新劇の中心地にするのはどうか、と意見が一致した。パンテオン劇場はプラネタリウムが最上階にある東急文化会館で、それが建て替えられていまの渋谷ヒカリエがある。パンテオンを映画用ではなくきちんとした大劇場空間に改装したらよいのでは、それなら東急グループの総帥・五島昇に話をつけなくてはいけない。

当時の渋谷は、池袋が西武鉄道の城下町であったように、東急電鉄グループの城下町であったが、新宿や銀座や有楽町に較べれば閑散としていた。

五島昇は、東急グループの創業者〝強盗〟慶太こと五島慶太の長男で、ワンマンの父親が死んでからグループを引き継いでまだ二年、四角くてごつい慶太の顔つきと違い母親似の細面で上品な印象を与える四十五歳の二代目である。

僕は東京という大都会が都市計画のないまま複雑な発達を遂げてきていることに関心があり、その開発史を『土地の神話』（１９８８年、小学館刊）として長篇に描いた。その際、東急グループ創業者で鉄道王と呼ばれた五島慶太の生涯に触れぬわけにいかない。五島慶太は晩年、ワンマンと病気が重なり〝殿ご乱心〟状態に陥っていた。三十一歳も年下で、白木屋デパート乗っ取り騒動などで世間を賑わした蝶ネクタイがトレードマークの横井英樹に振り回されていた（ずっと後の１９８２年、横井が経営するホテルニュージャパンの火災はスプリンクラーが設置されておらず33人の死者を出している)。横井にそそのかされて東洋精糖乗っ取りの真っ只中、五島慶太は七十七歳で永眠した。

あとを引き継いだ五島昇がまず手がけたのは、父親が最後まで執着した東洋精糖乗っ取りを御破算にすることだった。僕は、日本商工会議所会頭職にあった当時七十一歳の昇に訊ねた。

「おやじが脳卒中で倒れて七年間のあいだにやった仕事というのはかなり時代を間違えて捉えていましたね。やはり、人間の寿命を感じたのかな、自分の生きているあいだにね、なんとかものにしたいといってね、非常に焦ったことがあったな。それを思い切って整理しました。まず最初に手がけたのは東洋精糖。株の買い占めで派手にやったために、東洋精糖側にも東急側にも日本中のヤクザ暴力団がみんなくっついちゃったんです。それで、整理するのがたいへんでしたよ」(『土地の神話』)

東急では緊急役員会議が開かれ、東洋精糖問題は既定方針どおりで行くとして撤収については触れられず、昇の胸の内にしまいこまれた。東洋精糖問題で投じられた金額は、二十六億円であった。五島昇はひそかに根回しに走った。総理大臣・岸信介と大映社長・永田雅一《まさいち》に協力を仰いだ。その時点で、昇は初めて身内に撤収を告げたのである。児玉誉士夫など魑魅魍魎が背後に蠢《うごめ》いているややこしい案件を五島昇は短期間に片づけることで、単なる二代目でなく、決断できる男として評価されつつあった。

石原は単身、五島昇の本拠地・渋谷の東急電鉄本社に乗り込んだ。薄っぺらな舞台部分の造りをきちんと改装すれば劇場として採算がとれる、と説いた。

静かに聞いていた五島昇は最後に深くうなずくと、「それはいい案だな。よし、そのつもりで考えよう。君の方も早速小屋の改造案を出せよ」と言った。ところが数日後、五島から電話があった。

「この間の新劇用の劇場改造の話だが、もっと面白い話があるぞ」

大阪の日本生命が東京本部をつくる、社屋に保険のお客への利益還元のため劇場を設けたい、ついては劇場のことはわからないから相談にのってくれ、と弘世現社長が言ってきた。

「この話、乗っ取っちまえよ。渋谷より日比谷のほうがずっとましだろうが」

「どれくらいの規模の劇場ですか」

「そりゃ、パンテオンより大きなものだろうさ。まあ日劇とまではいくまいが」

「しかし、乗っ取るといったってどうやるんです」

「相手は素人《しろうと》だから、劇場の運営会社をべつに作って、その中で好きにやったらいい。俺がその会社の社長になるから、君が好きなことをやったらいい」（『私の好きな日本人』）

天佑である。上野に日本としては初めての本格的なクラシック音楽ホールの東京文化会館が計画されていた時期であり、まかせられれば、オペラのみならず歌舞伎を含めてすべての演劇が可能なオールマイティーの劇場を誕生させられる、と夢のような話に、石原は意気込んだ。すぐに浅利慶太に一枚嚙むよう要請した。

浅利の芝居にいつも参加している照明の吉井澄雄、大道具の藤本久徳、装置デザインの金森馨といった同世代気鋭のスタッフを集めて箱根で合宿し、東京における劇場論から始めて、日比谷での新劇場の可能性についての分析をまとめて提出した。当時の価格で四十五億円（いまなら五百億円にもなるだろうか）と見積もられた。企画書を施主となる弘世社長に示すと「素人の自分が読んでもわかりやすく納得できるもので、これだけのものを作れる連中なら思い切ってまかせられそうだ」となった。

設計は日本芸術院賞などを受賞している建築界の大御所・村野藤吾が担当した。

劇場のオープニングの演し物《だ》はベルリンオペラと決まり、ドイツのリュプケ大統領の来日となり、天皇陛下の来臨ともなった。切符は完売である。

日生劇場は日本で初めてのプロデューサーシステムによる興行方式を打ち立てた。その結果、膨張する東京にこれまでの枠組みを壊す新しい文化空間がつくられた。

「商業演劇において、当時は左派とみられていた劇団の民藝、俳優座、青俳、前進座といった劇団所属の俳優の出演は敬遠されていたが、プロデューサーの企画のためにそうした俳優たちが登用され始め、かつまた映画の世界ではまだまだ存在していた五社協定の束縛で他社系の演劇にも出演のむつかしかった俳優たちが、演劇に関しては垣根を越えての出演交流が始まっていた」（同前）

じつは壊さなければいけない壁がもうひとつはっきりと存在していた。弟・裕次郎がその壁にぶつかっていた。日本の大手映画会社の五社（松竹、東宝、大映、新東宝、東映、途中で日活が加わり六社になるが、新東宝が経営破綻し五社に戻る）による協定があり、他社の監督や俳優の引き抜きを禁止していた。つまり監督も俳優も映画会社のお抱えであり、別の会社の監督と俳優の組み合わせはできない状態になっていた。

裕次郎はやがてこの壁にぶつかるのだが、前段があった。日活そのものの壁にぶつかっていたのである。

『太陽の季節』のつぎに出演した『狂った果実』で一躍スターとなった裕次郎は二カ月、三カ月に一本の割合で主演する超売れっ子俳優であり、多忙のため身をすり減らすことに疑問を抱きはじめていた。反道徳的・反社会的なキャラクターだけでなく、しだいに戦後民主主義の未来に希望を抱く明るい中流の上の家庭の少し陰のある青年という役割も担わされるようにもなった。映画会社は観客が求めている物語に敏感に反応していたともいえる。石坂洋次郎原作『青い山脈』（初めての映画化は1949年）の系譜、『陽のあたる坂道』（1958年）『若い川の流れ』（1959年）『若い人』（1962年）に主演した。暴力と性的放埒による道徳紊乱の世界はその牙を抜かれ、安保騒動後の一九六〇年代の何も起こらない無風で平和な光景、三島由紀夫が予感した『鏡子の家』の退屈な日常性へと着地しはじめていた。

裕次郎は映画会社の営業方針にこき使われるだけの存在に抵抗感を覚えはじめた。独立したい、と石原プロの設立を考えるようになる。

石原慎太郎は『弟』で「日活の差し出す企画に満足せずにいるのは会社もわかっていた」と述べ、アンシャンレジーム（旧制度）にその淵源を求めている。「五社協定という俳優を非人格化して奴隷みたいに縛りつけておく」やり方に問題があるのだ。

映画界の因習である「五社協定」へ挑戦するのは超売れっ子スターの裕次郎だからこそ可能であった。育ての親である日活からすれば飼い犬に手を噛まれるようなものだから、裕次郎は日活を拠点に映画製作を進めるという配慮もしている。

「設立された弟の独立プロと会社の契約は確か年に二本は自主企画による作品を撮るということだった。年二本とはいえ、いうには易しいが弟のための絶好の企画がそうざらにあるものではない。とにかくまず基本的に会社を押し切って、腰を据えてその内になるほどという企画を考えようということでいたが、弟はすぐに、当時日本人で初めて単独太平洋横断を果たした堀江謙一の『太平洋ひとりぼっち』を原作にして作品をつくりたいといい出し、すでにその版権を押さえていた大映に映画化権の譲渡を頼み込み、最後はかつて私が手掛けて作った日生劇場に京マチ子を無理やり借り出した時からの縁で、なぜか私には寛容でいてくれた永田雅一社長に頼み込んで映画化に漕ぎつけた」(『弟』)

石原プロ設立の記者会見は昭和三十七年(1962年)十二月二十七日に行われた。裕次郎二十八歳の誕生日の前日だった。

〈裕次郎は「日活に不満があって反旗をひるがえすというのではないよ。ただ現在のように映画をベルトコンベヤーに乗ってガサガサ作られていては、限界に来てしまっている。来年は映画会社の縮小は目に見えているし、なんらかの変化はありそうなので、先手を打ったのだ」「石原慎太郎と三年ほど前から話し合い、考えていたことで、タイミングとチャンスを待っていた」「製作はユニット形式だが、完全な自主制作になる。日活との契約は三月に切れるが、年間八本の映画出演としても、石原プロと日活の契約は年間五、六本になる」〉(佐藤利明『石原裕次郎　昭和太陽伝』)

堀江謙一が、わずか一九フィートのヨットで太平洋を単独横断して話題になったのは半年前であった。その手記『太平洋ひとりぼっち』はベストセラーになっていた。石原プロは裕次郎主演で同名のタイトルの映画をつくり好スタートを切った。

石原プロが五社協定と本格戦争へと進むのは、少し後になる。三船敏郎と石原裕次郎の共演を予定していた『黒部の太陽』は、東宝が壁として立ちはだかった。三船敏郎も三船プロをつくって独立していたが、石原プロのようなほぼ完全な独立ではなく、実質的に東宝の子会社のような存在でしかなかった。

「弟が、各社をまたいだキャストで画期的な映画をつくるということに、当然、五社は反発しました。直接関わりのある日活、東宝だけではなしに、その他の会社からも強い圧力がかかりました。その狭間に立たされた三船敏郎氏も苦吟し、結局、圧力に負けて、企画は御破算になりかねぬところまで押しこめられました。

弟が私に助けを求め、経過の報告を兼ねながら泣きついてきたのは久しぶりのことでした。互いに大人になって初めて聞く涙声でした。弟の涙する声を聞きながら、私は私で凶暴な衝動に駆られたのを憶えています」（「裕さんよ、さらば」「文藝春秋」１９８７年9月号）

黒部ダム工事は、北アルプスを貫通する工事用トンネルと、黒部峡谷に高さ一八六メートル、幅四九二メートルのアーチ式の水力発電専用ダムを建設する、関西電力が一九五六年（昭和31年）から七年の歳月をかけて完成した巨大事業だった。難工事で一七一人の殉職者を出している。関西電力管内は電力不足でしばしば計画停電を実施するしかなく、黒部ダムは社運をかけた起死回生のプロジェクトであった。
石原慎太郎は五社の妨害をはね返す方策を戦略的に考えた。黒部ダムの建設には日本の名だたるゼネコン・鹿島建設、間組、熊谷組、大成建設、佐藤工業が加わっている。さらにその下請け企業も裾野を形成しているから関係者は数百万人に上る。彼らを動員すれば観客となり採算が取れる。

「私は、すでにこの企画に参与してくれていた関電の岩永常務に事情を打ち明け、五社が頑なに妨害を続けるならば、関電以下、黒部に参加した日本の代表的なデベロッパーで、フリーブッキングの映画館と、上映装置のある各地の公共施設を半年間契約して押え、出来上がった映画の配給を独自に行なってもらう提案をし、相手も、胸を叩いて提案を受けてくれました」（同前）

その感触を確かめた上で、東宝の幹部に対し、『黒部の太陽』をボイコットするなら、こうした新しいルートで映画を配給するつもりだと凄んだ。こうして代案を突きつけ東宝の説得に成功すると、東宝はつぎに他の四社を説得する役割に転じざるを得なかったのである。

五社協定の壁を打ち破り、三時間一六分の大作として『黒部の太陽』が上映されたのは石原プロ設立から約六年後、一九六八年春のことであった。プロジェクトは大成功で、興行収入一六億円はこの年の一位、現在価値に置き換えると一〇〇億円近い。

都知事室へ戻ろう。

石原慎太郎は、『黒部の太陽』の映画化実現のため五社協定を退治したころの自慢話が入り交じった回想をひと通りしたあと、くやしそうに言った。

「あれはほんとうに悔やまれる。覆水盆に返らず、とはあのことなんだよ。五社協定がなければ、あの映画を日本で上映できた。俺の人生も違った方向へ向かったかもしれない」

一九六二年、フランスの映画会社からひとつのユニークで画期的な映画制作の提案がもたらされた。パリ、ローマ、東京、ミュンヘン、ワルシャワの五都市を舞台に、恋と青春をテーマにした国際オムニバス映画『二十歳の恋』である。

パリ篇の監督はフランソワ・トリュフォー、ローマ篇の監督はレンツォ・ロッセリーニ、東京篇の監督（脚本も）は石原慎太郎、ミュンヘン篇の監督はマルセル・オフュール、ワルシャワ篇の監督はアンジェイ・ワイダで、それぞれが二〇分ずつ受け持つ短篇である。

「パリへ行ってねえ、トリュフォーと面談したら僕に言うんだ。『狂った果実』（フランスでは『若い情熱』と訳されていた）で、自分のヌーベル・バーグのタッチを会得したってね」

たしかにトリュフォーは「明白な単純性と明晰さをもっている。すべてのショットが満ち、かつ豊かなのだ。なぜならばそれらは〝等価〟であり、そのどれもがつぎのショットに奉仕しないからである。あきらかにそれはつながらない。つながることができないのだ」とフランスの雑誌に書いている（関川夏央『昭和が明るかった頃』）。

上記の監督のなかに知っている名前を見出す映画通はいまでも少なからずいるはずだ。各国の選りすぐりの上り坂の監督を集めたオムニバス映画にもかかわらず、日本での上映館は皆無に近かった。つまり誰の記憶にも、記録にも残されていない。抹殺されたのである。

第11章　石原「亡国」と三島「憂国」

「地上は空よりも暗かった。黄昏《たそがれ》はとうに我々が降り立った大地を覆ってい、この地点までの二十分間の飛行の途上で見た遠くの淡いサフラン色の夕焼けももう見えなかった。二台のヘリコプターは、十五人の総勢を吐き出すと、僅かな停止をたまりかねたように、あっという間に飛び去った」

短篇「待伏せ」は不穏な前途を予期させる書き出しである。一九六六年（昭和41年）十二月、石原慎太郎はベトナムにいた。米軍ヘリで一個小隊とともに石原ともう一人の日本人カメラマンは前線へ送り込まれた。

読売新聞側から依頼されたのは「クリスマス停戦」の取材であり、予定には前線は含まれていなかった。イブの前日の十二月二十三日に首都サイゴン（現・ホーチミン市）へ入った。そこで見た光景は、日本で考える戦争イメージとはまったく異なるものだった。

読売新聞サイゴン支局の助手と市内を歩いていると、警官の笛が甲高く鳴った。若い学生風の青年が呼び止められ、青ざめた顔で身分証明書を渡している。戸籍がきちんと整っていないため徴兵が徹底しておらず、兵役漏れの若者を街頭で行き当たりばったり尋問して兵隊に狩り立てている。

助手の青年の顔も同じように青ざめた。

「兵隊狩りです。私、帰ります」

止める間もなくそそくさと踵を返し、助手の姿は路地に消えた。

ベトナム戦争にアメリカが本格介入したのは一九六四年である。クリスマス停戦が二日後に迫ったサイゴン市内には長い戦争で弛緩した光景が見られた。兵隊狩りの笛、アメリカ兵が目立つ街頭、夜半の郊外のどこかで鳴る銃声、午前零時過ぎは戒厳令下で無人の街路……。

国家を人格にたとえるなら、「南ベトナム」はあたかも末期癌の患者のような容体で医者にとっては手の施しようがなく見放すしかない状態に思われた。

石原慎太郎は小説「待伏せ」(「季刊芸術」1967年4月)とは別に、読売新聞から要請された本来の紀行文「ベトナム48時間の平和――誰のため何のため」を「週刊読売」(1967年1月13日号)に書いている。

「ベトナム戦争は、影踏みに似ている。ベトコン（南ベトナム解放民族戦線）が影、踏もうとしているのがアメリカ軍。そして、アメリカ軍が踏もうとしている影は、彼ら自身のものかもしれない。彼らがそこにいるから、その影もそこにある、といえそうな気がする。ベトコンとの戦いは、自分の影を踏むことができたとしても、影のように手ごたえがない。（略）ともかく、友軍と、救うつもりでいる民衆にそっぽを向かれ、倒そうとする敵の姿がつかめないアメリカ軍にとって、こんなに孤独な戦いはあるまい」

サイゴン市内の雰囲気だけでそう思ったのではない。サイゴンから北西三〇キロほどのところにある米軍基地へ、石川文洋カメラマンと米軍輸送ヘリで飛んだ。サイゴンからわずか三〇キロでもそこはすでに戦地であり、米兵が汗を流し間断なく迫撃砲が砲声を轟かせていた。だがその基地の近くでのんびりと少年が水牛を洗っていたり、アオザイをひるがえしながら娘たちがゆっくりと自転車をこいでいる。互いに笑い合いなにやら楽しそうにおしゃべりをしながら過ぎて行く。背中合わせの二つの風景が奇妙に共存していた。

石原と石川カメラマンは、そこから北東一二キロの戦闘地区にいる大隊を訪ねる予定だった。すると、叩き上げらしいもっそりしたベテラン中尉が、何も武器を持っていないのかと見とがめて、正気ではないと露骨に呆れた顔をして言った。

「ＶＣ（ベトコン）は夜襲で、おまえたちを日本の記者だと見分けてくれたりはしないぞ」

先ほど輸送されたばかりの食糧コンテナを指して、弾痕を示してから内側へ手を入れ銃弾まで取り出し示した。

取材とはいえ武器を持たないで戦場に来る、日本人の感覚では疑問に思わなくても、ベトナムでは通用しない。

冒頭の「待伏せ」のシーンはそのままならぬ体験を描いたものだ。

小隊は前後に浅い森を挟んだ暗がりに進んだ。曹長に散らばれと命じられた隊員たちはそれぞれの場所で伏せた。

「曹長は、俺とカメラマンの体を長い腕でかかえるようにして押していき、三十糎《センチ》ほどの高さの灌木の蔭に坐らせ、犬に芸を仕込むように上から二人の体を押しつぶし腹這いに寝かせた」

こうして陽が沈み暗闇があたりを覆った。星も無く月も無い真っ暗の世界。気温が下がり体が冷えていくにしたがって、闇と沈黙はますます固く重くなった。時計を見やるが、こういうときにはほとんど針は進まない。敵もどこかすぐ近くでじっと動かず伏せているはずだ。にじり寄って来ていたら、それはほんの一〇メートルか二〇メートル先かもしれないのだ。

孤独と恐怖に耐えられない。そうだ、横にいるカメラマンも同じ気持ちでいるだろう。這ったまま左手を伸ばした。方角を欠いた手は、焦り、おびえながら地を掻いて伝い、ようやく捉えた。カメラマンがそこにいた。

「指に、相手の気配が伝わる。彼は驚き、驚きながら安心している。いや、この気配は俺の内から彼に伝わったものかも知れない。彼の手が俺の手を捉え直す。それをどう握っていいのかわからぬように、二人の手は互いに躊躇しながらさぐり合い、相手を握りしめる。握手というものがこんなに心強く確かなものだったか。伝達というものがこんなに確かに自分自身を見出す術だったのか。そうなのだ。彼はそこにい、間違いなく俺はここにいる」

だが時計の針は進まない。

基地の歩兵訓練所で見た、二個の木片《きぎれ》と一本のピアノ線で出来たベトコンの武器の一つを思い出した。木片の端を両手で持ち、背後からそっと忍び寄り敵の首に掛けて全力で一気に絞める。すると首はコロリと落ちる、想像を絶する凶器だ。自分で首に巻きつけてみるとピアノ線は柔らかくしなやかでワイヤーとは全く違う。背後から音もなくやってくるイメージ、それを待つ、闇に伏せるとはそれを待つことなのだ。

何のためにこんなところまで出かけて来たのだ、と後悔した。基地で武器を支給してくれようとしたときになぜ拒んだのか。武器なしで前線にやってきた日本人に顰蹙《ひんしゅく》した彼らのほうが正しいのだ。殺すか殺されるか、どちらかしかない場所であって第三者など存在できないのだから。

耐えきれなくなった。カメラマンにそれを伝えようとした。指で相手の背中にカタカナで書いた。

「コワイ、コワイ。

体で頷いた相手は、逆に手をのべ、俺の背に、同じように、コワイ、と書き直す。それを読みとると、世界が拡がったような気がした。この闇の中に、俺と全く同じ人間が二人いるのを覚ったことで、一瞬の安らぎさえある。

ナガイ、ヨル。

相手の背中へ、力一杯指を突き立てて、俺は書いた。そうすることで、俺一人ではなくもう一人の人間と一緒にこの恐怖の中にいるということを確かめ直し、それを分ち合えた。そうやっている間だけ、恐れずにすんだ。

ナガイナガイ。

彼は書き直した。

ピアノセンノ、クビシメコワイ。

俺は自分が一人で抱いているかも知れないものを彼に向って放り出すために、書いた」

石原は「待伏せ」に、ほんの瞬時の極限状況ではあったが自分が体験した死の恐怖を描いた。同時に「週刊読売」に寄稿したルポルタージュには、ほとんど瀕死ともいえる末期癌患者に似た「南ベトナム」という国家の姿を書き込んだ。

「国が滅びる、ということがどれほどきびしく、切なく、恥に満ち、苦々しく、情けないか、ということも、私はしみじみ感じることができた」（「亡国の恐ろしさ」「週刊読売」1967年1月20日号）

一九七四年に米軍が撤退、南は北の共産主義軍に併呑されベトナム戦争が終結する、その八年前、すでに石原にベトナムの「亡国」を予感させていたのである。「わずかな体験を通じて私がつかんだ最も大きなものは『亡国』ということがどのようなものか」と知る体験だった。アメリカの支配下にあり、アメリカが守るはずのベトナム。しかし「南ベトナム」という国はきっと滅びるに違いない、そう確信させられた。

「同じ東洋に、同じアメリカという大国と切っても切れぬ鎖にしばられひきずられていく、ベトナムという小国の運命を目にしながら、私には、戦争反対、平和絶対という昨今大流行りのお題目とは別に、浮ついた他人《ひと》さまのためではなく、何よりもまず自分自身が籍を置いた、日本という祖国、日本人という民族の将来に、けっしてないとはいえぬ運命のワ

ナの恐ろしさを思わぬわけにいかなかった」（同前）

この結論は突然に飛び出したわけではない。『挑戦』を書き、日生劇場をつくり、五社協定を突破し対立しながら過ごした一九六〇年から一九六五年までの苦悩と思考が結実した結果である。そのあたりを振り返っておきたい。

六〇年安保騒動のあと池田内閣は「低姿勢」を強調し「所得倍増」を打ち出し、六〇年安保騒動の余韻も鎮まっていた。しかし、ベトナム戦争のニュースが報じられ関心は高まりつつあった。

京大名誉教授・竹内洋著『革新幻想の戦後史』によると、一九六五年三月に鶴見俊輔と高畠通敏らがアメリカの北ベトナム爆撃に抗議する運動を始めるため、若い人を代表にしようと話し合った。代表に小田実の他に石原慎太郎の名前も挙がった。むしろ小田のほうは新右翼ではないか、石原がいいんじゃないかとの雰囲気があったという。小田はアメリカ留学を中途でやめ世界貧乏旅行に出かけ、その手記『何でも見てやろう』がベストセラーになっていた。竹内洋の説では、ベ平連（ベトナムに平和を！市民連合）代表を石原が引き受けていたかどうか、「当時の石原ならその可能性はあった」と述べる。

その根拠として「六〇年安保闘争後、日生劇場の重役に就任したり太平洋横断のヨットレースに参加するなど、活路を芸術やスポーツにもとめていた。しかし、石原にも安保改定反対闘争の余燼は残っていた。そのことは一九六五年の授業料値上げに反対して立ち上がった慶應義塾大学学生に対する石原の共鳴と感激に見ることができる」としている。

石原は「君たちにも何か出来る」（「文藝」１９６５年4月号、『孤独なる戴冠』所収）で、慶應大学の学費値上げのストライキは学生側の妥協で終結し、必ずしも完全な勝利ではなかったという批判に対して、それをあえて評価した。六〇年安保で「革新派はあの闘いの中で、次の闘い、次の状況のために一体どれだけの堡塁を築いたであろうか」と反対運動が自己目的化する体質に疑問を投げ、「手近の収めやすい勝利を、一つずつ着実に手にしていくよう心がけるべき」と、玉砕的な闘いで挫折感に酔いしれるのでなく、一定の成果を着実に得た慶大生のストライキをこう総括していた。

「青年は常に、勝ったか負けたかを考えようとするが、それはいわば自惚れた性急さであって、そうした判断からは何も生れては来ないし、それは、新しい次の戦術をも過たせる」

竹内洋は「もし、石原がこのときべ平連の代表を引き受けていたら、石原の運命は大いに変わっていただろう。逆に小田に打診がなかったら、それこそ『新手の右』として小田は別の道を歩んだかもしれない」と興味深い見方をしているが、確かに悲壮感のある「挫折」を嫌う面ではべ平連の雰囲気に近いが、果たしてそうだろうか。

最初のベ平連のデモは一九六五年四月二十四日に行われた。そのころ石原慎太郎は、地方の山に囲まれた小さな町の高校へアメリカ帰りの若い英語教師が赴任してきて、ラグビーを通じて生徒たちの信頼を得ながら学校改革に取り組む典型的な痛快青春小説『青春とはなんだ』がベストセラーとなっていた。学芸通信社の配信で地方紙に連載した作品である。夏目漱石の『坊っちゃん』を翻案したような筋書きで、石原裕次郎主演で映画化になった。五社協定の縛りから独立して活動していた石原プロへの配慮でもあった。この作品はその後、日本テレビでドラマ化もされている。

そして七月の太平洋横断ヨットレースへ向けた準備に全力投球していたので、ベ平連とは完全にすれ違う状況にあった。また新宗教団体についての新聞連載「巷の神々」は、長期にわたり一年間も続いた。

ヨットレースに行く前、読売新聞に週一回の短いコラムを連載（「東風西風」1965年7月～66年3月）しはじめたが、レースから戻るとそのコラムに特攻隊員についての資料を読んだ、と書いている。石原は、戦時中に陸軍映画報道班員として記録映画を製作していた高木俊朗著『知覧』を読み、「現今の知識人の反戦運動を連想」した。題名の知覧とは、鹿児島県の薩摩半島、指宿《いぶすき》温泉に近い場所にある戦時中の特攻基地があった地名である。

「平和だ戦争だと唱え」ていることが「笑止で大それたこと」に思われた。彼らの平和や反戦は存在の根拠が薄っぺらであり、死と直面した特攻隊員とはまったく異なる。彼らは「国家、社会、民族、あるいは人間全体の使命目的に自分の人生を合致させることで自身を納得させ死んでいった」が、それをそのまま肯定するものではなく、「そうした使命感のよりどころになる自分自身の生命的存在が、今一体どんなざまなのか」と、自分へ突きつけて考えた。翌年の春、知覧に行ってみることにした。

一九六六年五月、つまりベトナム取材の半年前、エッセイ「挫折の虚妄を排す」(『孤独なる戴冠』所収)を書いた。六〇年騒動で「挫折」が左翼的な流行語になっていたが、タイトルの通りそんなちっぽけな挫折など虚妄に過ぎない、と主張している。

「(国会突入などの過激な行動は)たとえそれが暴挙であり、計算無き手段であろうとも、勝利を信じない闘いは、すでに闘いでない」のであり、「『平和』なる食傷したお題目がどれほどの人間をしか動かさぬかを見るがいい。我々は今在るものの内に、進んで承認し忠誠を誓うだけの価値を見出し得ない」

作家として文学に何ができるか。石原は自問自答した。

「小説はそのための有効な手段たり得ないのか。(略)果して文学は、そうした劇の主役ならざる主人公としての人間をしか描き得ないのだろうか」

作家ではできない仕事、それは政治家になることか。そういう二者択一で決めつけることではないだろう。映画監督にもなるし、劇場のマネジメントもする。小説を書くだけでなく、文学に限界があるなら政治分野でやれることをやってみる、そういう発想が湧き上がってきた。

そんな思いを抱いて知覧へ行ったのである。そこで『知覧』に登場する鳥浜トメという年配の女性に出会う。彼女の店は特攻隊員たちに食事を提供していて、母代わりに慕われていた。そこで一つのエピソードを彼女から聞かされる。

「生き残りの隊員の中のNという少尉は、死に限られていた戦時に奉仕に来ていた一人の少女と恋し契り合った。少女も、その親も、明日死ぬ筈の彼への共感でその愛の交換を望み、祝福した。

だが突然に戦争は終り、終戦の夜、Nは少女の家に行きその両親に手をつきわびて号泣し、両親は彼の自殺を怖れて腰からピストルを盗んで隠したと言う。後に彼はその少女と正式に結婚するが、家庭にはどうしても塞ぐことの出来ぬ間隙が生じ、家人の彼に対する態度はかつてとまるで変ったものになって、Nの家庭での存在は疎外されたものになっていった」(「挫折の虚妄を排す」)

そこまでは高木俊朗の『知覧』に記されていたものだが、その後の話を鳥浜トメはこう語った。

「あの本には、Nさんのことは余りよく書かれてはおりませんようですが、私にはあの人の気持が口には言えぬが、わかるような気がします。終戦後、特攻隊が馬鹿呼ばわりされ、気狂い扱いされている間中、毎年の正月と盆に、畠になってしまったあの飛行場跡に、あの人だけがやって来て、地面に花束と線香をさして、一日中、一人きりで坐っていました。あの人の胸の内は、結局他の誰が聞いてもわかって上げられはしますまい」（同前）

この屈折した悲劇、つまりNは「二度生きながらに死んだ」ことこそ、まさに「挫折の名に値い」するものだ、と石原は納得し、「我々が現代で味わっている挫折感などは所詮贅沢な迷い」にすぎない。したがっていま「疑似挫折の時代を脱却しなくてはならない」のである。ほんとうの挫折とは「かつて死を賭けて納得した理念が歴史の背信によって一朝にして無価値なものとなり切った」ということにあり、それは「どれほど耐えられ得ぬことであろうか」と結ぶ。

ここでもまた「小説がいかにして、我々が真の主人公たり得る現代の劇を描き得るのか」と文学の限界をほのめかす。

「現代文学は継承して来た挫折と孤独の妄想から逃れなくてはならない。この混乱と苦悩に、ことさらの意味づけをし、それのみを描く作業が、遂に何も実らせることなく、人々

を徒らにおびえさせるだけでしかないことを覚るべきである」（同前）

ベトナムから帰国すると体調不良で身動きができないほどで、ウイルス性肝炎に罹っていることがわかり入院した。弱気になっている。考えていたより入院は長引いた。

「病気で疲れはてていて何本もある連載小説を病床の上で喘《あえ》ぎながら書きまくっていると、私も混乱してきて小説の登場人物の名前をつい取り違えてしまう。しかし編集部の方がよく心得ていて、他の雑誌の主人公の名前と自分の雑誌のそれとをちゃんと取り替えて校正して届けてくれ、こちらも恐縮したものでした。そんな経緯の中で私としては、〝俺はなんとくだらぬ仕事のために、この段になってもまだ命をすり減らしているのだろうか〟としみじみ思いました」（『法華経を生きる』）

そんな折、三島由紀夫から懇篤な手紙が届いた。三島由紀夫の手紙は残っていないが、石原の記憶に残っている中身は要約するとこうだった。

「自分も『潮騒』の取材のために伊良湖水道の神島に行き長い逗留の間に疲労に重ねて肝炎にかかり往生した。いかにもいやらしい病いの経験者として同情に堪えないが、かくなれば今まで人一倍忙しかった君のことだからこそ、ここでいっそうの覚悟を決めて達観し、これを絶好の機会と心得て世の中を睥睨《へいげい》し、自分自身について見つめなおし次の飛躍に備えて欲しい」（同前）

『太陽の季節』で持て囃され波に揉まれ行く末の不安に苛まれた際に、恩師の伊藤整から「失敗したら失敗したことを書けばいいんだ」と励まされたように、三島の「絶好の機会と心得よ」というメッセージに石原は救われている。

「その手紙のおかげで私はようやく自分の今ある立場を甘んじて受け入れ、身の周りのすべての状況について達観し、執筆以外の時間には瞑目しながら心いくまで世の中を一人で睥睨し、自分がベトナムでの体験の末に抱くにいたった日本という祖国への危機感についても考えなおし収斂《しゅうれん》もして、結果、ただ考えているだけではすまぬという決心にいたり、次の参議院選全国区への立候補を決心したのでした」（同前）

次の参議院選とは、翌一九六八年（昭和43年）七月である。

この年（1967年）の七月十九日水曜日、石原は佐藤栄作首相と自民党機関紙「自由民主」（7月25日号）で対談した。だが佐藤は用意周到で七月二十四日月曜日に官邸に三島由紀夫を招き会食をしている。両者を天秤にかけたふしがある。

石原慎太郎は『三島由紀夫の日蝕』（1991年刊）で、三島由紀夫は石原に参議院議員に先を越されたことが自決への傾斜へとつながったと主張している。その真偽についてはおいおい明らかにしていくが、まずは石原説を引いておこう。

「私は縁あって作家の頃から当時の佐藤総理を知っていたので参議院の全国区に出る時に

相談もしたが、私と同じ選挙に三島氏も出馬を考え一期前に全国区で当選していた八田（一朗）氏に相談したようだ（八田は東京五輪のレスリング監督として金メダルを5個獲得し盛名を轟かせ1965年の参議院議員全国区に自民党から出馬し当選）。

私がそれを八田氏に確かめたのは三島氏があの自殺を遂げた後だったが、氏はなんら悪びれることなく頷き、当選のため必要な得票数やおおまかな予算の話もしたといっていた。（略）その後八田氏に質してみて、三島氏がその気になりかけたのは私よりも早く今東光氏（作家、天台宗大僧正・中尊寺貫主、1968年参議院全国区に自民党から出馬し当選）が出馬の表明をした直後の頃だと知った。どこまで準備を進めていたのか、その後間をおいて私が表明し氏としては機会を逸したと判断したようだ」

三島由紀夫は全精力を傾けて書いた『鏡子の家』の評判が芳しくなかったこと、『宴のあと』『絹と明察』のテーマも理解されにくかったことなどが尾を曳いて、『三熊野詣』（1965年刊）で絶望的なあとがきを書いた。あとがきに「私は自分の疲労と、無力感と、酸え腐れた心情のデカダンスと、そのすべてをこの四篇に込めた。（略）過去は輝き、現在は死灰に化している。〈希望は過去にしかない〉」と記している。一九六〇年代前半の五年間は、三島をこんな気持ちへと追い詰めていたのである。

最後の大作『豊饒の海』第一巻となる「春の雪」の連載を一九六五年から（「新潮」昭

和40年9月号）開始している。

『豊饒の海』は、全精力をかけて書下ろした九四七枚の『鏡子の家』さえ較べものにならない四部作の大長篇となるはずだった。『宴のあと』『絹と明察』での洞察も発展させる予定であった。

『絹と明察』を書いているとき、岩波書店の日本古典文学大系に『浜松中納言物語』が収録されると知った。それが構想のヒントであった。『浜松中納言物語』の校注を担当した国文学者の松尾聰から三島は学習院時代に国文法を教わった。その縁で日本古典文学大系の月報にエッセイを依頼されたのである。

律儀な三島は、そのため『浜松中納言物語』を読むことになる。松尾によれば『浜松中納言物語』は名前こそ知られていたが伝本が散逸しており、きちんと読める形になったのは四〇〇年ぶりであるという。『浜松中納言物語』は、唐と日本を往還する貴公子の苦難の恋物語で、夢と転生の物語であった。

三島は「夢と人生」と題したエッセイを書いた。

「もし夢が現実に先行するものならば、われわれが現実と呼ぶもののほうが不確定であり、恒久不変の現実というものが存在しないならば、転生のほうが自然である、と云った考え方で貫ぬかれている。それほど作者の目には、現実が稀薄に見えていたにちがいない」

こう書いたとき、すでに三島はすっかり『浜松中納言物語』の作者と一体化していたのであろう。なぜなら三島にとって日常生活は幻想の下位に位置づけられる稀薄なものとされたのだし、王朝文学こそ三島が少年時代に耽溺した世界であった。「希望は過去にしかない」とは、この時点で少なくとも、半分、生を放棄したことの宣言と考えるしかない。三島のなかの死がしだいに露になってくるのは『憂国』あたりだが、その映画版を自ら監督・主演で完成させたのも『三熊野詣』の不吉なあとがきの直前であった。

『憂国』の撮影は二週間で済ませた。上映時間二八分のこの映画は、翌一九六六年四月にアートシアター系で封切となり、学生だった僕は早速、新宿へと足を運んだのである。

全篇ほとんど切腹シーン、台詞のない沈黙劇で、印象は強烈であった。なぜならそれまでふつうの日本人にとっても、十九歳の僕にとっても、切腹は伝統でありながら伝説でしかなかったからだ。眼の前のリアルな映像は、腹を横にゆっくり切り割いていくありさまを映し出している。内臓が溢れる血とともに外にだらりと垂れていく。豚の腸を使っているのだろうとは思ったが、トリックとは信じられないほどリアルでうまくできていた。

すでに『憂国』は、日本封切の前、パリのシネマテックで上映され評判になっていたことを当時の僕は知らなかった。外国式に「愛と死の儀式」のタイトルが冠され、それを三島自身が観ている。三島は、彼を見限っている日本を逆に見限ったかのごとく「春の雪」

の連載原稿を預けると、九月にニューヨークへ向かった。

日本を留守にしている間、ノーベル賞の情報が日本の新聞で伝えられた。「最終候補に三島氏も」（朝日新聞、昭和40年10月15日付）などと昂奮した論調で、また「ノーベル賞と日本文学」（読売新聞、同10月15日付夕刊）のタイトルで文化欄に八段の解説まで載った。無理もない。今日でこそ、川端康成、大江健三郎と二人のノーベル文学賞受賞者を出しているが、この時代には誰もいない。文学賞どころか日本人のノーベル賞受賞者は湯川秀樹ただ一人にすぎなかった。結局、ノーベル賞はこの翌日に正式発表となり、文学賞は大河小説『静かなドン』で知られる六十歳のロシア人作家ミハイル・ショーロホフであった。このとき日本人二人目のノーベル賞受賞者が出た。物理学賞の朝永振一郎は五十九歳だった。新聞紙面は、日本人二人目の受賞ですっかり埋まってしまう。

一九六〇年代を折り返した三島は、昭和四十一年（1966年）、「英霊の声」を「文藝」六月号に発表した。ここでついに天皇というキイワードを前面に打ち出す。「英霊の声」は、二・二六事件の蹶起将校や特攻隊の死者たちの霊が語るオカルト的な舞台設定で物語がはじまる。

三島は、日常性の守護神と化した戦後の昭和天皇を認めることができない。だから英霊の声を借りて、以下のように批判するのである。

「御聖代は二つの色に染め分けられ、血みどろの色は敗戦に終り、ものうき灰いろはその日からはじまっている。御聖代が真に血にまみれたるは、兄神たちの至誠（引用者注・二・二六事件で蹶起した将校たちのこと）を見捨てたもうたその日にはじまり、御聖代がうつろなる灰に充たされたるは、人間宣言を下されし日にはじまった（引用者注・人間宣言をしたならば特攻隊で死んだ意味がないではないかと英霊が不満を述べている）。すべて過ぎ来しことを『架空なる観念』と呼びなし玉うた日にはじまった。／われらの死の不滅は瀆《けが》された」

英霊の悲憤慷慨は、三島の巧みなレトリックにはまりすぎ、きわめて論理的である。霊が語っているはずなのに強迫してこない。リフレインされる「などてすめろぎは人間《ひと》となりたまいし」だけは、恨めしさが滲んでいる。この部分に三島の想いが込められている。

『英霊の声』が単行本として発売されたばかりの夏、三島は熊本へ向かった。

明治時代初期、不平士族が各地で叛乱を起こした。熊本の神風連の場合は、不平士族の叛乱といってもそれらと趣を異にする奇怪な叛乱であった。

散切り頭を叩いてみれば文明開化の音がすると囃したように、丁髷《ちょんまげ》を切り、刀を捨て洋風文化を受け入れたのである。断髪令に続いて廃刀令が出たのは明治九年であった。神風連の蹶起の直接の原因は廃刀と断髪への抗議だったが、彼らの欧化政策への反撥はなまやさしいものではない。紙幣は洋風だとして箸で挟んで手で触れない。電信線も西洋のものだからと下をくぐらず遠回りした。どうしてもくぐらなければならないときは頭上に白扇をかざして避けた。洋服を着た人間と会ったあとは塩を撒いた。そのぐらい徹底していた。

その彼らが蹶起した。汚らわしい夷狄《いてき》の兵器は用いず、太刀、槍、薙刀に限られた。一党一七〇余名は、新政府の軍事基地となった熊本城へ夜襲をかけた。二千名の近代的軍隊の銃撃の前で、鎧兜の神風連の侍はつぎつぎと斃れ、一二三名が戦死または自決した。

三島が神風連の史跡を調査するため熊本へ行ったのは一九六六年（昭和41年）夏である。すでにライフワークである『豊饒の海』四部作の第一巻にあたる「春の雪」は前年から「新潮」で連載され、あと少しで終わる頃合いだった。第二巻「奔馬」の連載は翌年から予定されていた。神風連の取材は、その「奔馬」執筆のためだった。

だが単に小説の材料集めだけで神風連を調べたのでなく、自決の意味づけを得るためではなかったかとも思われる。

すでに記したが『浜松中納言物語』を読んだのは『絹と明察』が完成する少し前、昭和三十九年（1964年）の春で、これが『豊饒の海』の構想を浮かび上がらせた。

いまになってみれば、三島は自決の数年前から、さりげなく証拠を残している。意外と素直に説明している。

「昭和三十五年ごろから、私は、長い長い長い小説を、いよいよ書きはじめなければならぬと思っていた。しかし、いくら考えてみても、十九世紀以来の西欧の大長篇に比べて、それらとはちがった、そして、全く別の存在理由のある大長篇というものが思いつかなかった。第一、私はやたらに時間を追ってつづく年代記的な長篇には食傷していた。どこかで時間がジャンプし、個別の時間が個別の物語を形づくり、しかも全体が大きな円環をなすものがほしかった。私は小説家になって以来考えつづけていた〝世界解釈の小説〟が書きたかったのである」（毎日新聞、昭和44年2月26日付）

年齢も重要なファクターであった。

「私も四十になったら、せめて地球に爪跡をのこすだけの仕事に着手したいと思って、一昨年から四巻物の大長篇にとりかかったが、（略）しかし一方、年のはじめごとに、私をふしぎな哀切な迷いが襲う。迷いというべきか、未練というべきか。というのは、この大長篇の完成は早くとも五年後のはずであるが、そのときは私も四十七歳になっており、これを完成したあとでは、もはや花々しい英雄的末路は永久に断念しなければならぬということだ。英雄たることをあきらめるか、それともライフ・ワークの完成をあきらめるか、その非常にむずかしい決断が、今年こそは来るのではないかという不安な予感である」

(読売新聞、昭和42年1月1日付)

これを書いたのは一九六六年(昭和41年)の歳暮である。

石原慎太郎がベトナムの闇のなかでベトコンによる襲撃の恐怖におののきながら米兵とブッシュで腹這いになり潜んでいたころだ。

その前に石原は鹿児島県知覧の旧特攻基地へ行き、時期をそう違えずに三島は熊本市で神風連の取材を終えている。

熊本での神風連の取材を終えたからこそ、三島は「決断」は「今年」と言い切ったのである。神風連の叛乱は調べれば調べるほど認識を新たにさせることばかりだった。

「四十二歳という年齢は、英雄たるにはまだ辛うじて間に合う年齢線だと考えている。西郷隆盛は五十歳で英雄として死んだし、この間熊本へ行って神風連を調べて感動したことは、一見青年の暴挙と見られがちなあの乱の指導者の一人で、壮烈な最期を遂げた加屋霽《かや》《はる》堅《かた》が、私と同年で死んだという発見であった。私も今なら、英雄たる最終年齢に間に合うのだ」(同前)

三島は四十歳前後の時期から、どういう死に方をすべきか具体的に考えはじめた。少なくとも『豊饒の海』が完成したら、人生に終止符を打とうと決めているのだ。

石原慎太郎はベトナムから帰国して肝炎になり、一九六七年の正月明けから二カ月ほどの入院生活を終えると、政治家になるための方策を考えはじめて、行動に移している。『三島由紀夫の日蝕』によれば「三島氏がその気になりかけたのは私よりも早く今東光氏が出馬の表明をした直後の頃」と記している。

ただこの石原の記憶はかなり曖昧と言わざるを得ない。なぜなら今東光が出馬を表明したのは、一九六七年（昭和42年）の九月六日である。それを報じた「週刊朝日」（9月22日号）「自民党参院選のタレント作戦」のサブタイトルに「今東光、石原慎太郎から竹腰美代子まで」とあるからだ。

「私よりも早く今東光氏が出馬を表明した直後の頃」なら九月ということになるし、石原と今東光の立候補表明が明らかになったのは同じ時期なのだから、そもそも前提が間違っている。

ではあえて石原説を前提にして「私より早く」であるならば、一九六七年の前半ということになる。たしかにその時期の三島にはさまざまな意味での迷いがないわけではない。だがもし参議院選挙に出馬したら『豊饒の海』の完成は大幅に遅れるだろうし、そうなると「英雄に間に合う年齢」は確実にオーバーしてしまう。

そう考えると石原説は成り立ちにくい。

『佐藤栄作日記』には、三島との会食についてはきわめて事務的な記述しか残されていない。ほぼ同じ時期に佐藤首相は石原慎太郎と自民党機関紙で対談しており、この時点で石原は候補者が三島でなく自分に絞り込まれていたと考えるのはその通りだろう。ただ佐藤首相にとっては候補者は今東光もいるし、石原慎太郎もいるし、そこに三島由紀夫がいても矛盾はない。人気候補者が一人でも多くいることで浮動票を掘り起こしてくれさえすればよいのだから。

じつは『ペルソナ　三島由紀夫伝』を書いてしばらくしたころ、つまり、一九九〇年代の終りごろだが、真相に近いヒントを得ている。僕は作家の辻井喬（本名・堤清二、西武流通グループ、後のセゾングループ代表）と日本ペンクラブの理事会でいつも隣に坐る間柄になっていた。バブルの崩壊後、セゾングループは解体して久しいが、西武グループが登場する拙著『ミカドの肖像』を、堤清二として読んでいる。三島の「楯の会」の制服は、西武百貨店専属の五十嵐九十九デザインによるが、堤清二の好意にあまえてつくられた。イージーオーダーで一着一万円が支払われたが実費は三万円強だった。夏服、冬服で一〇一名分二〇二着が発注されている。すべて三島のポケットマネーである。

そんな関係で、隣に坐りながら、しばしば気楽で脈絡ない会話をしたりした。当然、三島由紀夫が話題になった。

「父親（堤康次郎・元衆院議長）の関係で（堤清二は秘書をしていた）僕は佐藤総理のとこ

ろに出入りしていたので、三島さんを知っているなら紹介してほしい、とたしかに言われました。参院選に出てもらえないかという打診です。三島さんは、時の総理だから興味はあったようですが、いざ会食になると佐藤さんの話題が平板すぎて会話がかみ合わない。それで三島さんは帰りがけに怒ってしまいました」

それはそうだろう。あのダルマ眼でむっつりしている運輸官僚出身の佐藤栄作と、知的に饒舌な三島由紀夫では共通の話題はどだい無理なのだ。

三島にとって参議院選立候補はあり得なかった。ノーベル賞受賞の期待はこの年あるいは翌年あたりではないかと思われ、参議院議員の話など取るに足らない些事でしかなかったのだから。

だがこの年も受賞はなく、翌一九六八年には文壇デビュー時からの先輩・川端康成から内々に「年齢のこともあり降りてくれないか」と要請され、三島は不満だったが受け入れた。結局、受賞したのは六十九歳の川端康成だった。参院選に出馬した石原慎太郎は史上初の三〇〇万票超を獲得、ヒーローとして大いに話題となって、かなり滅入っていたのは事実だった。その後の三島の創作活動に、それは書きかけの『豊饒の海』の展開ということになるが、暗い翳を落とした可能性も否定できない。

第12章　嫌悪と海

右翼とか左翼という分類は果たして有効性があるのだろうか。冷戦崩壊後にマルクス・レーニン主義が姿を消したが（権威主義国家とか独裁政権の呼称はそれと関係なく存在している）、そのずっと以前、一九六〇年代に日本には「保守」と「革新」を呼称する二大勢力があった。その両者にそもそも明確な意味の違いがあったのだろうか。

日本には「優秀な」官僚機構があり、政策のほとんどは彼らに任せられていた。歴代の首相も吉田茂にしても岸信介にしても池田勇人や佐藤栄作にしても官僚機構のトップであり官僚機構の仕組みを知り尽くしたうえで統治機構のうえに乗っていたにすぎない。そもそも与党・自民党であっても各省庁の役人の人事権すらなかった。そして肝心の国家の安全保障としての防衛は日米安全保障条約にもとづいているが、「日陰者」の自衛隊は正式に認知されておらず、実質は米軍の指揮下にあった。

石原慎太郎は参議院議員に当選直後、獲得した三〇〇万票は従来の政党に抑え込まれていた「大衆」の「漠たる不安」が爆発したマグマである、と受け止めた。

「戦後二十数年間ステロタイプの官僚主義と、見せかけのえせ進歩主義が抑圧してきた、本ものの改革、革新、本ものの進歩、本ものの国家的民族的冒険への願望と夢が、抑圧され凝縮しきって反撥力を増し、それを金縛りに押し包んでいた既成の『規格の枠』に亀裂を生じさせ、その内側からほとばしり出したのだ」（「文藝春秋」1968年9月号）。

三島由紀夫が防衛庁に体験入隊を申し入れたのは、神風連取材を終えた直後だった。最初の自衛隊体験入隊は一九六七年四月である。久留米陸上自衛隊幹部候補生学校で座学と初歩的な訓練をして、つぎに富士学校滝ヶ原分屯地普通科に移りかなりハードなレンジャー訓練を受けた。さらに習志野第一空挺団、北海道の東千歳駐屯地へ。ふつうの体験入隊の枠を越えている。タブーだった自衛隊に文化人がかかわったという意外性が受けて週刊誌（「サンデー毎日」1967年6月11日号）に八ページもの特集が組まれた。

ボディビルや剣道の写真であれば文学の幅に収まるが、軍服に鉄カブト、肩に銃を担いだ写真にはすでに一線を越えてしまった三島の姿が写っている。佐藤栄作首相と会食するのは七月であり、石原はすでに立候補が内定してその準備で動いているが、これは三島が参議院選に出る気がまったくないという状況証拠でもある。

立候補が内定していた石原は自民党大会に参加した。そこで日本を覆っている既成の「規格の枠」に苛立つのである。

「政治参加に関して、私は体制論者であるし、政治行動の現実性というものに重要意義を認めるが故に、幸か不幸か、唯一の体制側政党である自民党の党籍をあえて得ることにした。政治参加にかかげた理念の現実化の最も有意義な実践として、私は現与党であり、政情から見て、当分与党であり得、また与党でなくてはこの社会推進のために困る、この腐敗した政党を是正しなくてはならぬ」(「『嫌悪』——現代の情念」『祖国のための白書』所収)と思って自民党の公認候補になった。

ところが、その自民党は一般論での「腐敗していた政党」という漠然的な表現ではとらえきれない、なにかもっと根源的なところで「嫌悪」を感じさせる違和感の世界だった。

「私は公認候補の指名紹介のために生まれて初めて出席した自民党党大会なるものに、ある戦慄と激しい嫌悪を禁じ得なかった。それは、これほどまでに独善的で陳腐な、国民の心情を一度だに反映することのない、なれ合いの拍手喝采にみずからを飾った政党が、今まで政権を得て来、これからもまたそうしたみずからへ無意識なままに、政治を担当していこうとしていることへの反撥だった」(同前)

江藤淳をはじめとする作家や批評家から、なぜ政治参加の道を選ぶのか、と罵られたが、それは体制内に順応して作家たることを放棄するという意味での非難であった。六〇年安保騒動の直前、江藤淳に「安易に言語を放擲して実行に走ることだけはやめてほしい」と詰問されたときに、石原は「おれはおれの態度が一番誠実だと思う」と返している。

石原は自民党大会を見て、かえって自分の選択が「決して無為に終るものではない」と確信したのだった。まさにこういう世界だからこそ自分がそこにいる意味がある。「私は、私の感じつづけて来たこの時代的な嫌悪」を「嫌悪として現実に遂行し得ると思った」のである。

自民党大会の末席に坐った石原は公認候補者として指名・紹介のときが来るまでじっと様子をうかがっている。未知の世界を観察していた。

「薄暗い末席の椅子に身を沈めてくり返されるなれ合いの演説と大喝采を弥次り倒したい衝動をこらえながら、あの広い会場で私が孤り感じていたときめきは、多分、ライフルを手にし最初の一発を射ち放ったライフル魔のときめきにかよう凶悪なものがあったに違いない」

ここで唐突に「ライフル魔」が現れ、一発を射ち放ったらどんなにすっきりしてこころときめくことかと石原は考えているのである。自分の役割は、その「ライフル魔」になることだとさえ宣言していた。

「たまたま文学という方法をもって行なう人間が文学者であるのであって、その嫌悪の遂行のために、文学者と呼ばれる人間が、人間としてみずからに必要だと信じて選び、他の方法をとることは人間として自由であるし、あるべきことがらに違いない」(同前)

自分は作家なのだから、作家として作品を書くことで「ライフル魔」にもなれるが、政治参加においても「ライフル魔」になれる。

「ライフル魔」の説明をしなくてはいけない。

一九六五年七月に起きた事件で十八歳の少年が神奈川県の山林でウソの一一〇番通報をして警官をおびき寄せ、ライフル銃で殺して拳銃を奪った。逃走中に乗用車四台を乗り継いで渋谷の銃砲店に立て籠もり、従業員三人を人質にし、そこを弾薬庫としてライフルを撃ちまくり、警官と銃撃戦となった。野次馬三千人が集まって騒然となるなか、ライフル弾は一〇〇発以上が発射され、警察官、通行人、報道関係者一六人を負傷させた。

銃の乱射事件はアメリカではありがちだが日本ではきわめて珍しい事件であり、事件から四年後の一九六九年、少年に最高裁で死刑判決が下された。量刑の相場では殺人が一人で少年の場合、死刑にはならない。異例の重い判決だった。世間を震撼させたという意味合いが加味されたのかもしれない。

石原はこの事件に強い関心を寄せ、作品を書くつもりで準備をはじめていた。だが裁判は地裁、高裁、最高裁と時間がかかっており、その間、証言が出尽し真相が明らかになるまで待つほかはない。石原が実際に執筆に着手したのは事件発生から四年後（最高裁判決の年）であった。『嫌悪の狙撃者』は一九七〇年の年初から雑誌に連載（「海」2月号〜6月号）されている。

したがって『嫌悪の狙撃者』は、長篇の代表作『化石の森』（1970年9月上巻、10月下巻、新潮社）とは作風がまったく異なるが執筆時期が重なることになった。『化石の森』は五年の長期間にわたって執筆された書下ろし作品で芸術選奨文部大臣賞（1971年）を受賞した。この二つの作品に流れる共通の通奏低音は「嫌悪」である。『嫌悪の狙撃者』では「片山（犯人）が起した事件は、というより事件と同時に、それを起した片山という存在自身も、何と無意識に、であるが故に見事正確に、私たち大衆の内なるものを投影し、代行していたことだろうか」と、この殺人者に時代の「表象的代行者」の地位を与えた。

作者である「私」は、事件の一報を青山で耳にして渋谷へ向かった。野次馬の一人になって状況に参加した。同作から引く。

「遠く小さな閃光《せんこう》が閃《ひらめ》き、乾いたはじけるような銃声がし、近くの路上に閃く小さな衝突音があった。空気を裂いてうなることなく、弾道を感じさせぬ、ぴしっという至近弾の気配は、私を含めてうずくまった人間たちに、自分たちが迂闊に忘れていたものを思い出させた。私は、前の男の背にかけた自分の掌が乾いているのを感じていた。

それを証すように、近くの前方にうめき声があった。

『射たれた』

誰かがうめくようにいった。

「あの小さな店の中にたてこもった犯人が、今、銃弾に託してぶちまけ、溢《あふ》れさせている彼の憎しみなり嫌悪に、もの蔭に立ちすくみながら私はいわれもなく共鳴し共感していた。(略)自らの周りのすべてを憎んで嫌い、その嫌悪を、照準した銃で狙撃するという何よりも歴然とした行為で表現し切っている人間への渇きに似た賛歎だった。何故か私は、怖れながら晴れ晴れしたような気持になっていた」

野次馬側の視点に対して、銃砲店のなかの少年の心理も「彼」として描かれている。

「彼を囲むもののすべてが、息をひそめながら、彼を待ち怖れ、引き金を引く彼の指一本に操られ彼の周囲で廻っている。

それらの確かな気配、確かな手応えを逃さず体の内に収《しま》い込もうと、彼は息を凝らして立っていた。自分自身の一挙手一投足の度、いや、じっと動かずに立っているその一瞬一瞬にも、体中に痛いほどそれを感じることが出来た。

今まがいなく、彼の周りに世界が実在していた。外ならぬ彼自身を核とし、芯として。それはかつて味わったことのない自分自身の存在感であり、同時に、彼にとっての世界の存在感にも感じられた」


法廷の場面も入れておこう。

「今、君がいったことだけれどね、君は自分のしたことが悪いことだったと思っているのでしょ、とにかく」

「いいえ」

「しかし君は、前に、そういったじゃないの」

「そうですか。じゃ訂正します。悪いことと思いません」

「じゃ、いいことなのかね、あれは」

「いいえ」

「じゃ何なんです」

「いい悪いじゃないんです。あれは、つまり、僕がしたかったことなんです」

『嫌悪の狙撃者』の文章はテンポがとてもよく心地よい。「私」であったり「彼」であったりする登場人物を、短く突き放してほどよい乾いた描写にしているからだろう。情緒的に内面に踏み込まず、外側から、動きから心理描写を試みて成功している。

いまの時代から、当時の石原の「『嫌悪』――現代の情念」というエッセイを読んでも意味はつかみにくいかもしれない。だが、その背景に「ライフル魔」の事件があり、さらにそれをもとに書かれた『嫌悪の狙撃者』というノンフィクションに近い作品の存在を知れば、「嫌悪」はそれほどわかりにくいものではない。むしろ一九六〇年代からいやもっと以前、不登校時代に「不条理」のカミュの愛読者だったころからずっと石原慎太郎の行動原理は一貫していることが見えて来る。

『嫌悪の狙撃者』のなかに、なぜこの作品を書いているのか、「後書きに代えて」で説明を加えている。重要な一節なので引いておきたい。

「いずれにしても、この現代、自らを規制する自らの周囲にいかなる嫌悪も抱かぬ人間がどこにいるであろうか。

『嫌悪』こそが今日の人間が生きるための情念である。『嫌悪』だけが、自らを正しく見出し、己の生を生きるための情熱を与え得る唯一の術だ。『嫌悪』の遂行こそが現代における真の行為なのだ。それが遂行される時にのみ、真実の破壊があり、革命があり、創造があり得る。『嫌悪』に発する、精神的に凶悪な思考だけが真に知的なものであり得る、等々、私は私なりにその主題を発展させていったのだったが」

第8章で『石原慎太郎を読んでみた』（栗原裕一郎・豊﨑由美共著）を紹介したが、この作品についてはかなり好意的である。

豊﨑　ストーリーが時系列に沿って進んでいくわけではなく、各章ごとにある時間の出来事を抽出して描き、それらをばらして配置する、という構成になっています。大きく見て、事件当日の経緯をリアルタイムの視点で描写している章、事件の背景となる犯人の生い立ちを語る章、それから、精神鑑定書などの裁判資料や証言を引いて事件を客観的に見せる章、慎太郎自身が事件について語る章、というふうに分けることができますね。このうち、第一章、第三章、第十三章が慎太郎視点の章になっていて、すべて同じ「観客」という副題がつけられています。この三つの章だけが作者視点の一人称で、それと事件資料の引用の章以外は三人称で語られていきます。犯人の名前は小説内でも裁判資料の中でしか出さず、それ以外はすべて『男』とか『彼』というふうに、無名性を強調したような書き方になっています。というように、かなり工夫をこらした構成になっているんですね。全体で十三章という配置にしたのも、死刑という結末（絞首刑台までの十三階段）へ向かっていくことを暗示させているんじゃないかと思いました（略）。

栗原　これは今読んでも相当良い小説じゃないかと思いました。『亀裂』のボクシングシーンなんかと同じ感じで短文基調で行為を描いていて破綻も少ないですよね。

もう一度、冒頭のエッセイ「『嫌悪』――現代の情念」に戻ろう。

一九六八年一月、長崎県の佐世保港に米原子力空母エンタープライズが寄港した際の全学連（後、全学連が学生自治会の連合体であるのに対して彼らは自由意思に基づき参加する全共闘会議、略して全共闘と呼ばれるようになる）の学生たちの行動と嫌悪の関係について述べている。

いわゆる佐世保闘争は新左翼系の学生が全国から結集して、福岡市の九州大学の学生寮に宿泊し、そこから急行列車に乗って、連日片道二時間、佐世保まで通って機動隊から放水と催涙ガス攻撃を浴びた。学生の一途で過激な行動は佐世保市民の共感を呼んだ。

共感を呼んだのは、「彼らが自滅を知りながら強固に武装した機動隊にぶつかっていくという行為の中に、ひとつの嫌悪を表象したからの故に」であった。その共感はイデオロギーに関してではなく、「あの混乱の中から昇華された嫌悪が、最も現代的な心情として、佐世保の多くの人間たちを無意識に繫いでしまった」にすぎない。「共感は決して知的なものではなく、ライフル魔に対して弥次馬が感じた爽快感にむしろ近い衝動的なもの」なのだ。したがって「文学者も政治家も教育家も、あの事件の中から学ばなくてはならぬことは即ち、ある確かな触媒を見出せば、かくも容易に多くの嫌悪の情念が人々の胸の中にくつわを並べ得る」という事実ではないか。「『嫌悪』こそが唯一、人間自身にとっての情念情操」なのである。

「嫌悪は、われわれの内深く凝結」していて「体の内いっぱいに溢れているが故にわれわれはそれを嫌悪として気づか」ない。「嫌悪を隠蔽する数多くの粉飾」に囲まれている。「形骸化した諸価値。それらの価値への忠誠の偽態。そしてなによりも、今日の人間自身の情念である嫌悪の快感を代行し拡散させる、非情念的でいたずらに観念的な、行為ならざる行為」がじゃまをしている。「形骸化した諸価値にかかずり合う観念をすて、最も直截な、最も我々自身のものである、情念を太刀とし、盾としてとり戻さなくてはならない。そして、人間の再生復権の基点となる、現代における人間自身の情念こそ、『嫌悪』である」という。「嫌悪」に与えた定義は、ふつうの辞書には書かれてない石原のオリジナルである。

『太陽の季節』で書こうとしていたテーマは、いまになって思うとこういうことだったのだ。最後のシーン、亡くなった恋人の柩へ向けて「彼は思わず香炉を握りしめいきなり写ことができた。

あれから肉体は年齢相応に衰えてきたが、だからこそ自分の肉体を客観視して捉え直す真の情念としての『嫌悪』の意味がとらえられて来た気がする」

「小説を書き出して十年たった現在、私にはようやく、人間にとって唯一最後に残された真の情念としての「嫌悪」であった。

「私は、（年齢を重ねて）みずからの肉体の裏切りとそれへの超克を通じて、今ようやく自分自身の情念として捉えた『嫌悪』を、私のこれからの文学の主題としていくつもりでいる。（略）今、執筆中の書き下し長篇小説（『嫌悪の狙撃者』を指している）で、私は、今まで無意識に描いて来た、漠たる挫折感や焦躁感ではなく、現代の嫌悪を描くつもりでいる。（略）私のこれからの作品を通じて描かれる私自身の主題が、現実に起った凶悪事件よりも、凶悪な共感を時代の人間たちに与えることが出来れば幸せだと思う」

結局、「挫折の虚妄を排す」や「孤独なる戴冠」などのタイトルもそうだが、石原慎太郎はイデオロギーや観念というものを信じていない。代わりに肉体の奥底に棲む「嫌悪」がある。石原に対して、世の中をひっくり返すような威勢のいい口吻を示すが、所詮、自民党の議員になったのだから体制内改革を志向している日和見主義者ではないか、という批判の狼煙《のろし》が文壇や論壇から噴き上がっていた。それは見当違いで、イデオロギーや観念でものを考える人びとにさえ、生活者や大衆の一員として隠された「嫌悪」が潜んでいる、そういう視点なのだ。その「嫌悪」が「形骸化した諸価値」を突き崩すエネルギーだからである。

その意味で多くの作家は狭い市場でしか生きていない、と石原は考える。イデオロギーや観念に覆われた世界にいては「嫌悪」に届かない。大江健三郎は、なぜ自民党から立候補するのかと非難した。だがそもそも、「彼のそうした指摘の基盤になる現代の政治に関してての知恵や知識を、彼のフランチャイズのジャーナリズム自身から仕入れた」だけに過ぎないではないか。その程度の政治的知識では、「今まで、そしてこれからも、日本の政治に何を啓発することもなく、また大衆を政治に対して背かせるだけでどう引き戻すことも出来ぬ」(「作家の現実感覚」「文藝」1968年2月号、『対極の河へ』所収)と手厳しい。

作家にとって読者は文芸誌の三万人なのか広い世間の三〇〇〇万人なのか、文壇ばかりを向いている作家は三万人のほうばかりを意識する。「自らのフランチャイズである三万人のグラウンドの中に閉じ込もり、そこでの君臨を希む。そこに在っては、彼は名声をあてがわれ、そのグループのオピニオンリーダーともなり、十全に自己を発揮出来ると信じる」というフランチャイズの小スターを任じている。作家はそうであってはならない。

石原は憤懣やる方ない。なぜなら作家たちは「嫌悪」が棲む世界から遊離した場所で自分を批判するから、と思っている。

僕はこのころ、二十歳前後の若者であったが、周りに大江健三郎の読者が多く、石原慎太郎の読者は少なかった。大江の読者は学生や教師など固定層であり、石原の読者はどこで読まれているかわからないが広範囲にいた。『厳粛な綱渡り』という大江健三郎の分厚いエッセイ集が学生に読まれていた。いまになってみると、あの時代の風潮とはいえ「情報の仕入れ」が限定されていたことが明らかである。

「日本に自衛隊の存在があるから、日本周辺の国で日本を仮想敵とする条約が結ばれたこととか（略）自衛隊の存在がひきおこした日本あるいは世界の政治とか文化とか、社会とか経済とかの歪みの総体として、自衛隊の既成事実を考え、そしてその歪みを着実に是正していく。（略）われわれの憲法の線に即した方向にもってゆく」（『厳粛な綱渡り』）

安穏な日常に波風が立たなければ、この程度の水準でよかったのだろう。これでは「嫌悪」の居場所にはとうてい届かない。

時間を遡れば、石原慎太郎は『太陽の季節』でスターになった瞬間の三島由紀夫との初めての対談で、「道徳紊乱」という語を知り、そこから自分で組み替えて自らを「価値紊乱者」と位置付けた。「嫌悪」の出発点である。

先輩作家・三島由紀夫はつねに石原慎太郎の曲がり角に立ち会って、的確な批評で意味づけを与えてきている。

石原は一連のエッセイを書いていたころ、『刃鋼』『行為と死』『星と舵』と立て続けに長篇を執筆していた。三島由紀夫が『星と舵』へ与えた賛辞（「石原慎太郎の『星と舵』について」1965年『石原慎太郎文庫8』）は石原の特質を巧みにとらえている。『太陽の季節』を生み出すには不可欠だったもうひとつの要素、海との関わり、もう少し絞ると海と肉体との関わりについてである。

「『星と舵』は、石原氏の持っているよいものが横溢した作品で、その中の或る部分は読後永く心に残る。（略）氏の感性のみずみずしさと、氏の性格の過剰とを、誰はばかることなく露呈する。これこそ海および航海の神の恵みであり、それは氏のはじめて書いた私小説とも云えるものである」

ヨットレースの話であっても主題はレースそのものでない。『星と舵』は長篇であっても幾つも小さな断章に分かれていて、物語が始まりかけたところの断章「岬」の描写も美しい。

「カタリナの北の岬《ノースポイント》がせまるにつれ、太陽は同じ速度で、投げ込まれるように西へ落ち込んでいった。夏の初めだというのに、落日の投げる陽光とそれを遠く縞に拡げながら黄昏《たそが》れていく空は日本の秋に似ていた。

大きなうねりを一つ切るごとに、岬は近づいて来る。陽が傾き、水の果てに近づくにつれ、岬の曳く影が、それまで陽に映えていた岬の内側の部分を蒼黒く塗りつぶしていく。そして、その代りに、シルウェットとなり浮び出した岬の突端は、陽にかざした鉾《ほこ》のように光輪を帯びて輝き出す。それは光と打ち上げる潮に煙って、水浴《みあ》みする海獣の背のようにも見えた」

三島由紀夫が特別に引用しているのはここではない。後半の「貿易風雲」や「海の動物たち」の章、「酒」の章もなかなかいい。

「酒」の章から、少し引こう。

「ヨット乗りは一人前になって来ると、海の上で眺めたものについて、決して昂奮し他へ叫んだりそれについて語りかけたりはしない。たとえば、今重なって過ぎていったスコールが、この悠遠《ゆうえん》の大洋の上でしか見られぬ景観として、海の上に同時に大小二十に近い虹をかける。或いは濃く、或いは淡く、或いは完全な形で、或いは部分だけで、虹は重なり合い、海の上に七色の樹木の森林を作ってみせる」

三島由紀夫が力を込めて褒めているのは末尾の「夢」の章である。

フランスの詩人・小説家のジュール・シュペルヴィエルのつぎの詩を、三島は憶い出した。

「僕らが見てゐないとき
海は別の海になる」

『星と舵』のこういう描写にである。

「不滅なるが故に、お前（海）は在りはしないのだ。お前が、今、ここに正しく在るということ、それを与えているのはこの俺なのだ。（略）今、お前を証しているのは、この俺たちなのだ。

俺たちがいなければ、お前は在りはしない。

この輝かしい水の量感も、悠遠に射しかける太陽も空も、みんなこの俺たちが無ければ、虚無で無意味でしかないのだ、と」

三島は「この存在論は、ジュール・シュペルヴィエルの左（引用者注・上記）のような詩句の存在論と、正確に対応する」と述べ、「石原氏が愛するものは自己の投影としての宇宙であり、この作品は日本浪曼派の衰退ののち、二十年後にあらわれた真にロマン主義的作品なのだ」と評価した。

あえて通俗的に説明すると、我思うゆえに我あり、ということになる。

「嫌悪」の発露も自分にあり、「海」もまた自分がいなければ「ない」のだ。果てしない海にはそんな心境へと誘う力がある。石原慎太郎の背後にはつねに絶対としての「海」が隠れている。「海」を畏怖しても「海」に屈服するわけではない。情動によって超越性は忌避されるのだ。

本人がわかりやすく説明しているのでそれに譲ろう。

「海には時として、陸と違ってどうにもかわすことの出来ぬいろいろな状況がやってくる。そこではどんな人間も素にならなくてはならない。そうならざるを得ない。そうやってみんな、自分はしょせんこんなものでしかないのだということに気づきなおすことが出来る。それは一切の感傷を伴わぬ始源的な気分だ」(『風についての記憶』1994年)

石原慎太郎のよき理解者であった三島由紀夫は、一九七〇年十一月二十五日に自決するのだが、その一年前、一九六九年十月八日に行われた二人の対談は「天皇制」をめぐってほとんど決裂状態に陥るのだ。石原の海にもとづく自然観、「観念」の拒否が、三島のメタファーとしての天皇観とまったく噛み合わないからだ。

第13章　天皇と核弾頭

石原慎太郎は、まあ一般的には右翼とかタカ派のイメージでとらえられている。だから天皇制とは親和性が高いと思うのがふつうだろう。

僕が副知事に就任したばかりのころ、いちおう『天皇の影法師』とか『ミカドの肖像』などの著者としてそれなりに知られているから、目敏い編集者なら、天皇について都知事と副知事との二人による対談集を一冊まとめたら話題になると思いつく。

石原慎太郎と長い付き合いのある有名な出版社がアプローチしてきた。僕から都知事の意向を確かめてほしい、と言う。

「天皇制の対談の件、どうしますかね、石原さん」

「俺、天皇キライ」

この話はこれであっさりと終わった。

「昭和天皇は、日本が戦争に負けた日に割腹すべきだったのだよ」

露骨に不機嫌な顔である。意外だったので僕はしばらく二の句が継げなかった。日本がサンフランシスコ条約を締結して主権を回復した日に退位すべきだった、という意見はしばしば耳にする。「割腹」説にめぐりあったのは初めてである。けじめとして戦争責任を取るべきとの声はその後、しだいに消えていった。というより昭和天皇の戦争責任について問うこと自体が忘れ去られたのだ。代わりに皇太子夫妻（平成の天皇）が沖縄や離島、あるいは戦地となった東南アジアの国々へ、繰り返し巡礼と鎮魂の旅に出かけている。

なぜ「キライ」なのか。それから石原さんとこんな話になった。

終戦間際、無残な焼け跡を視察する天皇の写真が新聞に載っていた。革の長靴をはいて軍刀をぶら下げ白い手袋をして焼け跡を歩き回る天皇に悲痛な表情が窺えない。

逗子に住んでいたから、太平洋の彼方から遠く海鳴りにも似た腹にしみるおどろな物音を終夜聞かされた。アメリカの艦隊が上陸作戦の地ならしに九十九里浜に艦砲射撃を行っているとのことだった。食べ物が無くてひもじくて、それなのに彼らは不自由ない生活をしていたわけだろ。

終戦の日、天皇の玉音放送を聞かされた。白馬にまたがり神様とあがめられていた天皇の声が粗末なラジオから伝わってきたが、奇矯な声で幻滅した。

うちの妻はね、父親の顔を知らない。新婚早々の母親の胎内にいるときに父親は支那戦線へ出征させられた。生まれたときにまだ父親は外地にいた。そして赤ちゃんが生まれたことを手紙で知らされるが、結局、娘の顔も見られずに戦死した。

一橋大学に在学中、大学本部の建物のトイレには学徒兵の落書きが消されずに残っていた。「俺は天皇のためには絶対に死なない」と書かれていた。

いったいどこに、大統領のために万歳、と叫んで死ぬ国なんてことがありますか。

都知事室での石原さんの話は誰にも言わなかった。

〝不敬罪〟的で誤解を招くから口外しないほうがよいという判断とは別に、僕の天皇制に関するとらえ方と交錯する余地がないからである。

僕は『ミカドの肖像』の冒頭に、フランスの哲学者ロラン・バルト著『表徴の帝国』のつぎの一節を引いている。

「わたしの語ろうとしている都市（東京）は、つぎのような貴重な逆説、《いかにもこの都市は中心をもっている。だが、その中心は空虚である》という逆説を示してくれる。禁域であって、しかも同時にどうでもいい場所、緑に蔽われ、お濠によって防禦されていて、文字通り誰からも見られることのない皇帝の住む御所、そのまわりをこの都市の全体がめぐっている」

僕の関心はメタファーとしての天皇制である。「空虚な中心」は争点を吸い込むブラックホールであり、ときに同調圧力の根源であり、意思決定の不在の象徴である。日本人はロジックにもとづいた論争を好まない。西欧における近代化は契約の明文化だった。しかし日本では黙契がもっとも効率よく機能した側面があり、それはあたかもルソーの「一般意思」がアプリオリ（先見的）に存在しているかのようだった。それを担保しているのが「見えない制度」としての天皇制ではないか。

三島由紀夫の天皇制論とは違うが、文化概念として捉えようとするところは共通項がある。

石原慎太郎と三島由紀夫の天皇観の食い違いについて考察していきたい。

三島由紀夫は、マルチに活躍するスター石原慎太郎の文学と行動を理解する包容力があった。だが三島由紀夫を理解できるスケールの大きな先駆的なスターには恵まれず、文学の師と仰いだ川端康成にはノーベル文学賞をただもっていかれただけであった。一九六〇年代にかけて実験的な作品であった『鏡子の家』や、それ以降に据えた社会的なテーマの作品群は不評を買い、突破口を探していた。

世の中は高度経済成長の真っ只中であった。戦後的な日常性、安定的秩序は、天皇というフィクションが下支えになっている、と三島は気づいていたであろう。三島はとうとうトランプゲームのジョーカーを切ることにしたのだ。三島と石原の最後の対談は一九六九年十月に行われるがその前年、「文化防衛論」（「中央公論」７月号）を発表する。

三島は「文化防衛論」で、明治憲法下の近代天皇制は官僚機構によって整備されたものであるから本来の天皇制とは異なり、欧米文化に侵されて成立したものだとの見解を展開した。「明治憲法下の天皇制機構は、ますます西欧的な立憲君主政体へと押しこめられて行き、政治的機構の醇《じゅん》化《か》によって文化的機能を捨象して行った」というのだ。したがって「日本の近代史においては、一度もその本質である『文化概念』としての形姿を如実に示されたことはなかった」ことになる。

ではどうしたらよいか。

西欧的な立憲君主政体と天皇制との違いについて、わかりやすい箇所を引こう。

「文化とは、能の一つの型から、月明の夜ニューギニヤの海上に浮上した人間魚雷から日本刀をふりかざして躍り出て戦死した一海軍士官の行動をも包括し、又、特攻隊の幾多の遺書をも包含する。源氏物語から現代小説まで、万葉集から前衛短歌まで、中尊寺の仏像から現代彫刻まで、華道、茶道から、剣道、柔道まで、のみならず、歌舞伎からヤクザのチャンバラ映画まで、禅から軍隊の作法まで、すべて『菊と刀』の双方を包摂する、日本的なものの透かし見られるフォルムを斥《さ》す」（三島由紀夫「文化防衛論」『裸体と衣裳』所収）

これらのすべてを包括する究極の根拠が文化概念としての天皇であり、欧米的で平べったい立憲君主の天皇制ではない、と言いたいのである。三島の「文化防衛論」のホンネは「近代」より「戦後民主主義」の超克である。だから三島の「文化防衛論」の結論部分は、つぎのように飛躍している。

「菊と刀の栄誉が最終的に帰一する根源が天皇なのであるから、軍事上の栄誉もまた、文化概念としての天皇から与えられなければならない。現行憲法下法理的に可能な方法だと思われるが、天皇に栄誉大権の実質を回復し、軍の儀仗《ぎじょう》を受けられることはもちろん、聯隊旗も直接下賜されなければならない」

三島はどうしても、天皇が自衛隊の閲兵式に出席したり、勲章を授与したりしてほしいのだ。

こうして三島は深遠そうな日本文化論から、眼前の、具体的で通俗的な、自衛隊体験入隊と、このころに盛んになっていた過激な学生たちによる騒乱の巷へと戻ってくるのだ。結局は、そういうことなのね、である。

一九六〇年代後半の学生デモはしだいに過激になっていた。実力行使のドイツ語がゲバルトで、機動隊の警棒に対し、ヘルメットを被り角材を手にしたデモはゲバルト闘争と呼ばれた。角材は、ゲバ棒と呼ばれるようになる。ヘルメットや角材が戦術的に登場することは、それまでになかったことで、機動隊は押され気味であった。だが一九六九年秋には機動隊は拡充され、装備は格段に高度化されていた。結局この対談後、三島の望む自衛隊の治安出動はなかったのである。

一九六九年十月に行われた対談で、三島由紀夫は石原慎太郎に向かって言った。

「つまり守るべき価値ということを考えるときには、全部消去法で考えてしまうんだ。つまりこれを守ることが本質的であるか、じゃここまで守るか、ここまで守るかと、自分で外堀から内堀へだんだん埋めていって考えるんだよ。そしてぼくは民主主義は最終的に放棄しよう、と。あ、よろしい、よろしい。言論の自由は最終的に放棄しよう。よろしい、よろしいと言ってしまいそうなんだ、おれは。最後に守るものは何だろうというと、三種の神器しかなくなっちゃうんだ」

「守るべきものの価値」というタイトルが付けられた最後の対談は、始める前に、入れ札をしている。これは三島の提案だった。

「入れ札しよう。君も紙に書いて出せ。俺も紙に書いて出すから」

三島は「三種の神器」と書き、石原は「自由」と書いた。だから、そもそも対談は嚙み合いそうになかった。

石原は無愛想に言った。

「三種の神器って何ですか」

「宮中三殿だよ」

「またそんなことを言う」

三種の神器は、モノそのものではなく一種のメタファーである。

「ぼくは天皇制の本質というのを前からいろんなことを言っているんですけど、文化の全体性というものを保証する最終的根拠であるというふうに言っている。というのは、天皇制という真ん中にかなめがなければ、日本文化というのはどっちへいってしまうかわからないですよ」

石原にはメタファーが通じない。

「しかし文化というのはどこの国でもそういうものでしょう」

「ええ、でも、日本じゃそういうことはないはずなんです。天皇がいるから」

「いや、だってそれは違うんじゃないかな。振れ動くものが戻ってくる座標軸みたいなものでしょう、天皇と三種の神器というのは。だけど、ぼくはやはりそれは違うと思うんだな。つまり天皇だって、三種の神器だって、他与的なもので、日本の伝統をつくった精神的なものを含めての風土というものは、台風が非常に発生しやすくて、太平洋のなかで日本列島だけが非常に男性的な気象を持っていて、こんなふうに山があり、河があるということじゃないですか。ぼくはそれしかないと思うな。そこに人間がいるということだ」

話がまったく通じないから三島は憮然としていたであろう。

「君は風土性しか信じないんだね」

「結局そういうところへ戻ってきちゃうんですよ。それしかない」

「戻ってきても、風土性から文化というのが直接あらわれるわけじゃないよ」

三島由紀夫にとって、日本の文化とは「古今集」の雅びの世界である。

僕は『ミカドの肖像』で説明したことがあるが、文化としての風景の標準は、京都の風土と宮廷人の限られた生活にあった。日本人の伝統的自然認識は、歳時記という小綺麗な容器のなかで宝物のように絹のヴェールで覆われていた。「花」「郭公《かっこう》」「月」「雪」「紅葉」など、自然そのものではなく、いわば「制度化された自然」、約束事の世界なのである。たしかにそれはたぐい稀な雅びな日本の文化である。

だが実際の自然は、北海道から沖縄までの荒海と峻厳な山脈に囲まれた縄文の時代から連綿とつづいている。そこにはうつろいゆく四季の微妙な陰影もあれば、強風吹きすさぶ陸地と荒れ狂う波濤が押し寄せる海もあるのだ。独特の「風土」がある。

「芸術は爆発だ」の画家・岡本太郎は、縄文時代にこそ日本人の魂の原型がある、と述べている。大阪万博の太陽の塔は、縄文時代の土偶をヒントに造形された。石原慎太郎は

『太陽の季節』で世に出て毀誉褒貶に晒されたばかりのころに岡本太郎の工房を訪れ、縄文土器の話をしている。

「岡本さんも、僕も、芸術にとって新しい価値体系を要求している作家であること」が確認できて満足している。岡本は「(石原が)いわゆる文壇人の世界なんかとぜんぜん断絶している。(自分も)やはり人間は憎まれなければならないのだという結論に達したわけですよ。石器時代の石をいじくったりしながら」(「美術手帖」昭和31年5月号)と意気投合していた。

石原慎太郎にとって日本とは「日本列島」そのものなのだ、それを囲む「海」なのだ。日本列島は広大な海に囲まれ浮かぶぎざぎざした陸地なのである。時折り山が火を噴き、急峻な渓谷を雨水が穿ち、広葉樹と針葉樹の森が盆地を囲む。稲作の始まりはせいぜい紀元前五〇〇年(最近は紀元前一〇〇〇年以前という説もあるが)ぐらいであり、天皇制の始まりは水田が普及した紀元後とされている。高床式の神社は米倉であり、猫がシルクロードより移入されるまで狐はネズミを食す益獣であった。水田耕作以前の日本列島には狩猟・採集・栽培による数千年間も持続可能な縄文時代がある。土偶には、里芋や栗や栃や蛤《はまぐり》など命の始原と循環を祈る呪術的なパワーが封じ込められている。

石原慎太郎は、本稿のプロローグに記したように国歌「君が代」を「きみがあよおは

〜」でなく「わがひのもとは〜」と歌っていた。三島と石原ではアイデンティティの時空が異なるのだ。

三島との最後の対談の翌月、佐藤首相は沖縄返還交渉の最終仕上げとして訪米することになる。

十一月三日文化の日、三島由紀夫がつくった学生団体「楯の会」のパレードが予定通り行われた。早大一一名をはじめ、東大、日大など一七大学から八一名が制服を着て参加した。皇居に向かって直立不動の姿勢で「君が代」を斉唱したあと、陸上自衛隊富士学校音楽隊の演奏で一五分間にわたり分列行進が行われた。招待客には作家や芸能人のほか、元陸上自衛隊富士学校長の碇井準三や元調査学校長の藤原岩市、元防衛事務次官の三輪良雄ら自衛隊関係者の姿もあった。だが百人の招待客のなかに川端康成の姿はない。出席を断わられたのである。

佐藤首相が訪米のため羽田を発ったのは十一月十六日である。訪米阻止のため全国から動員された過激派のデモ隊は羽田を目指したが蒲田周辺で機動隊に制圧され、為す術もなかった。こうして数年にわたった全共闘の時代は終焉を迎えるのである。

石原慎太郎は密かにワシントンＤＣへ向かった。

「沖縄の返還交渉に赴くという佐藤総理に頼みこんで、私もワシントンへ同道することになった。歴史的な外交交渉に同行を望む議員は大勢いたが佐藤氏は余計な人間の同伴を一切許さず、たってと望んだ私には旅程を偽装してどこか余所を回ってワシントンで合流するようにといってくれた。私の他には衆議院でもう一人だけ竹下登氏が同じようにしてワシントンに顔を見せていた」（『国家なる幻影』）

そこで石原は驚愕の光景を目撃すると、翌年に「非核の神話は消えた」のタイトルで雑誌に発表した。

「ワシントンでの沖縄返還交渉随行の後、アメリカの核戦略基地である、コロラドスプリングスのNORAD（North American Aerospace Defense Command・北アメリカ航空宇宙防衛司令部）と、オマハのSAC（Strategic Air Command・戦略航空軍団）を見学した。いうまでもなく、この二つの基地の機構がアメリカ核戦略の心臓部である」

SACの担当将官が、ここを訪れた日本の国会議員は小坂善太郎外相（池田内閣）だけしかいない、と言うので呆気にとられた。こんな重要な場所を日本の政治家が知らないことが信じられなかった。そしてもっと信じられないことが、核の傘についてであった。日米安保によって日本はアメリカの核の傘の下にいるはずだが、どうもそれはフィクションらしい。

「結論からいえば、アメリカの核戦略の機能の実態から見て、日米安保条約は実質的に形骸でしかない。安保の最大眼目であるアメリカの核の傘は、アメリカとＮＯＲＡＤに参加しているカナダの一部のためにはあっても、日本にさしかけられてはいない。ならば一体、我々は、極東の緊張や緊急の際に、米軍を日本のためにも、日本国内の基地から発進せしめるためだけに安保を結んで来たのか」

一九七〇年は日米安保条約改定の年である。それが過激な学生たちの騒ぎを別にすれば何ごともなく自動延長されようとしていた。

「たとい過去の十年はそれでよしとしても、瞠目すべき経済発展を遂げたこの一九七〇年という時点に、安保を自動継続せしめる眼目は何であるのかを確かめ直す必要がある。それは、アメリカがそれぞれ安保条約を結んでいる極東の他国家の緊急事態を防衛する段に、日本の防衛の関連において、基地供与といった形でそれを保障するためだけではあるまい。万が一の可能性ではあろうとも、日本に関する核戦争の危機を、自ら持たざる、アメリカのみが持っている強大な核戦力によって抑止し、場合によっては報復せしめることへの期待が、安保という選択の、何よりの代償に他なるまい」

石原は憤懣やる方ない思いで帰国した。

するとと三島由紀夫から「士道について――石原慎太郎氏への公開状」（毎日新聞夕刊、1970年6月11日付）が届いた。

「永年貴兄と愉快な交際をしてきた小生が、事もあろうに、新聞紙上に公開状を発表しようというのは決して愉快なことではありません。私信ですませるべきだという考えもありましょう。しかし私には事柄が全く公的な性質のものだと思われ、参議院議員としての身分を持たれる貴兄に物を申すには、この形式をとるほかになかったことを、まず御諒解ねがいたいと思います」

石原は自民党の参議院議員であるにもかかわらず、なぜ自民党を批判するのか、と書いてある。それは「士道にもとるのではないか」と。自民党は「あいまいな欺瞞的性格、フランス人の記者がいみじくも言ったように『単独政権ではなくそれ自体が連立政権』に他ならない性格、又、核防条約に対する態度、等、(そこは石原と) ほとんど同感の意を表せざるをえないことばかり」ではある。

だが自民党に入ったのであれば、外から批判するのではなく黙って改革すればよい。昔の武士は、藩に不平があれば諫死した。さもなければ黙って耐えたではないか。

三島の文章はいつも巧みなレトリックで展開される。だがこの質問状の課題設定にはいささか無理があった。

日本が「核の傘」に守られていないというリアルな現実を目の当たりにして帰国した石原慎太郎にとって、公開状には少し呆れたふうに「政治と美について――三島由紀夫氏への返答」（毎日新聞夕刊、6月16日付）と応じるしかなかった。
「率直にいって、三島氏の公開状を読んで辟易しました」と前ふりをし、「公開状はいくつかの、いかにも三島さんらしい、しかし、やや軽率な誤解」があるとして、「政党に籍を置くということは、武士が藩を選ぶのとは顕らかに、全く、違います。現代の政党は、中世封建期の藩という独立した権力的エスタブリッシュメントとはおよそ異なる」のであり、「政党は時代や情況に応じて、分裂もし合併もし、人間の入れ換わり」がある。「私が党につかえているのではなく、自民党が私に属しているのです」「藩と政党を一緒くたにして『士節』を説く三島説は」迷惑だ。「私は政治の世界に入ったことで（略）私は決して芸術的政治をしようとなど心がけませんし、政治的文学をものしようなどとも思いません」

謝絶に等しい皮肉でこう締めた。

「三島さんも、その陥し穴の罠に気をつけて下さい。そうでないと、あなたのプライベートアーミイ『楯の会』も、美にもならず、政治にもならぬただの政治的ファルスのマヌカンにしかなりかねませんから」

石原慎太郎は『太陽の季節』が芥川賞を受賞した直後から三島由紀夫と幾度か対談をしてきた。最後の対談が上記の一九六九年秋、佐藤首相が沖縄返還交渉で訪米する直前であった。二人の溝は埋めようもなく拡がっており、この公開状へと進んだのである。そもそも二人の間には初めから溝があった。動的な「拳闘」と静的な「ボディビル」、もともと相容れないはずなのだ。

――新宿の都知事室で、しばしば都知事と副知事が三島由紀夫について語り合っている光景というものもめったにないのかもしれない。

石原さんは、あの最後の対談について、つい昨日のように懐かしそうに語った。ときどき口を尖らせ憤慨し、また微苦笑に戻ったりもした。『三島由紀夫の日蝕』にも書いてあるエピソードである。

「最初の対談は、若造に付き合ってくれているそういう思いやりを感じた。そう最後の対談の話だが、ボディビルで鍛えた肉体が透けて見えるメッシュのポロシャツを着て、ちょっと形相が怖く気負っている感じがしたなあ。手に錦の袋に入れた日本刀を持って和室に入ってきたのだから。居合の稽古の帰りでひと汗かいたところだ、だからこれから居合を見せてくれると言うんだ。もっともね、君はどうせ馬鹿にするからいやだってごねてみせるんだけど、こっちは見せたくて見せたくてたまらないのはわかっているからね」

「それはですね、石原さんだからこそ、どうしても見せたかったのだと思います。理解してもらいたかったし、自慢もしたかったのでしょうね」

『三島由紀夫の日蝕』を読んでいるので、何があったのかは僕はだいたい知っている。

「三島は剣道四段ということになっていた。実際の腕前はそうであったのか疑わしいが、本人は情状酌量ではなく正式な審査で通ったと書いてます」

「居合は三段と言っていたよ、そのときに訊いたらそう答えたからな」

いよいよ居合を見せる段になった。三島は和室の続き間の片方へと移動した。石原と編集者は手前の部屋から三島と向き合って正座した。

三島は真剣を抜き、これは何の型、これは何とひとつひとつ説明し、その都度、畳をバンと踏みつけたりした。道場の床だときれいな音がするんだけどね、と言いながら。

ハプニングが起きた。

「そのときから変な気がしたんだけどねえ。最後に僕の前にすすっと出てきて、上段に振りかぶったんだよ。それで一気に刀を振り下ろして、僕の頭上で寸止めするつもりだったんだな。ところが、間尺を間違って鴨居を斬りつけちゃったんだ。それであわてて食い込んだ刀をひねって引いたら、パリンと五センチぐらい刃が欠けてしまった」

いっけんたわいのない話のように聞える。しかし、一年後に陸上自衛隊東部方面総監室に立て籠もると、侵入する自衛官にその日本刀を振り回し重傷を負わせているのだから、きわめてリアルな場面である。

「これを研ぎに出すと十万円ぐらいかかる、とぼやいてから、ちょっと部屋が狭かったからな、と弁解した。僕が、幕末の池田屋事件もそうだが斬り合いは狭い部屋でやるものじゃないですか、と言ったんだよ。そうしたら、君はあちこちで吹聴して回るんだろうって真面目な顔になった。いや言いません、と答えたけどね」

だが石原は約束を守らず、その後もこうして吹聴している。

自決の二カ月前、三島は石原を含む一〇人との対談を『尚武のこころ』と題して刊行、その「あとがき」で、「非常に本質的な重要な対談だと思われたのは、石原慎太郎氏との対談であった」として「旧知の仲ということにもよるが、相手の懐ろに飛び込みながら、匕首《あいくち》をひらめかせて、とことんまでお互いの本質を露呈したこのような対談は、私の体験上もきわめて稀である」とまで書いている。この対談集には石原慎太郎以外に当時の有名人や話題の人物、小汀利得《おばまとしえ》、中山正敏、鶴田浩二、高橋和巳、林房雄、堤清二、野坂昭如、村上一郎、寺山修司が並んでいる。しかし、あとがきにこうしてわざわざ石原慎太郎のみ特記しているのだ。

「私は自分のものの考え方には頑固であっても、相手の思想に対して不遜であったことはないという自信がある」と記しているが、石原慎太郎も同じ心境であったろう。

三島の自決は十一月二十五日である。

石原はその前日の明け方に奇妙な夢を見た。直後に発売された週刊誌（「週刊現代」12月10日号）に打ち明けている。

「私は久しぶりに三島氏の夢を見た。私にとって、確か二度目のことだった。彼と私はあるジムナジアムにいた。彼は私に、今まで新しく覚えた拳闘、剣道、居合い、ボディビルを披瀝したように、思いがけず、最も困難な吊り輪の体操を見せてくれた。

私は、それまで高をくくっていた彼の筋肉がとうとうここまで来たのか、と夢の中で驚かされた。両手を開いての吊り上がり、更に倒立と至難の技を見せた後、彼は私が初めて見る不思議な姿勢で、水平にした体を片手で吊りながら、こちらに背を見せて静かに床の上に身を横たえた。同じその仕草を、私は二度くり返して見た。そして、彼の体中に、何故かまぶしたように薄く青い、死に化粧に似た彩色がほどこされてあった」

エピローグ――価値紊乱は永遠なり

先輩であり盟友でありライバルでもあった三島由紀夫が天に召されると、石原慎太郎は政治の世界への闖入者、たった一人の異人となり、文字通りの「孤独なる戴冠」者として残された。

国会議事堂の議場で天井を見上げた。すり鉢状のいちばん低い赤絨毯の床面から吹き抜けの天井まで二〇メートル、ビルの七階分の高さに相当するその位置に唐草模様を配した淡い琥珀色のステンドグラスが嵌め込まれている。

国会議員となり衆議院に鞍替えして間もない時期、石原慎太郎は短篇「院内」を書いた。「室内にはいつものように荘重な怠惰が横溢していた。それはここに居合わせる人間たちの責任というよりも、ここで行われていることがらの抜本的な仕組みそのもののせいなのだ。私たちがその仕組みを真似た西欧のある国の宰相は、嘗てそれを、最悪のものではあるが他にそれしかないといった。その男の勇気と見識は、その直截な表現によってではなし、この仕組みに全く関わりない、それと最も対照的なある状況の中で証されたのだった」

荘重な権威的空間のなかで、議会は儀式的要素に支配され退屈であった。「超現実的な機能を持つカプセルに閉じ込められた宇宙の旅行者たちのように、知覚を抜かれ、意識を解かれ」てしまいそうだと思った。

この違和感は作家・石原の肉体の奥底に潜む「嫌悪」からの発信である。

委員会室の場面はパントマイムのようであった。

「室内に居並ぶすべての人間たちがその面に、空怖しいほどの反復という強い酸に浸され怠惰から安逸に変質した無表情の仮面をかぶっている。次の参考人を促す委員長の微笑も、僅かな仰角や俯角で泣いたり笑ったりする能面と同じ無機的な表情でしかない」(同前)

石原はぼんやりと「このカプセルの中の虚空に隔絶されてからもうどれほどの時間が過ぎてしまったのだろうか。私は一体いつ家を出、車に乗り、あの街を過ぎ、この部屋に入ったのであったか」と思っている。

委員会室へ、外から少女が入ってくる。委員長に書類を届けにきたようだ。

「旧式なフレアのついた白いブラウスに薄い水色のカーディガンを着、ツイードのスカートをはいた、長い髪を一本のポニイテイルに編んだ少女は、自分が魔法で睡らした人間たちを、何かの都合でまた眼醒めさせにやって来た悪戯な妖精《パック》のように見えた」（同前）

少女が去り、また議場は怠惰な喧噪につつまれる。

「院内」は、不思議なファンタジー小説のようでありながら、読者をカフカの『城』の世界、不条理な無限回廊へ連れ去ろうとする。

「私」は席を立ち、彼女を探そうと思った。広い建物の内を当てなく歩いた。「巡り巡って出た中央玄関の薄暗い大ホール」へ。国会を象徴する中央の高さ六五メートルの塔の下の空間である。そこに伊藤博文、板垣退助、大隈重信の像が立っている。その大理石の台座の陰に隠れているのではないか。「ひそんだ少女を私は感じた」。そこにはいなかった。院内を彷徨《さまよ》った。二階の回廊に出た。

「ふと彼女の声を聞く。彼女は初めて彼女から私を求め呼んでいる。私は急ぐ。が、隔たりはますます遠のく」（同前）

暗い廊下の隅に、一条の光が射し込み、少女は踵を返して奥に走り去った。「私」は懸命に歩く……。

「院内」の結末はここでは記さない。

政治家・石原慎太郎についてはすでに多く書かれている。右派の若手議員を集めて血判状をつくって「青嵐会」を結成したとか、革新都政で人気の美濃部亮吉に都知事選で挑戦して苦杯をなめたとか、国会議員二五年の永年在職議員表彰を区切りに国会議員を辞めたり、再度、都知事選に立候補して当選したり、またその発言はいつも毀誉褒貶で話題を集めた。官僚の作文ではなく自分の言葉で忖度なしで語れば、少しぐらい規格品とは違うという意味合いで失言にもなるが、その揚げ足をとる風潮がある。

ポリティカルコレクトネスによる言葉狩りも輪をかけている。政治家は揚げ足をとられないように「検討します」ばかりの答弁になり、具体的な数字や期日は極力言わない。

日本人は元気がない。政治家の言葉が空疎で、役人の言葉は遠回しで、経営者の言葉にはオリジナリティが希薄になっている。

石原慎太郎はずっと「価値紊乱」の人だった。言葉で波風を立てる人がいないのは淋しいことだ。いま日本が長い低迷の時代にあるのは「嫌悪」のエネルギーがすっかり沈殿して攪拌されていないからだと思う。

ある日、都知事室で石原さんは、「ボードレールが、パリの街角で通りすがりに美しい女を見た。一瞬のこと。生涯、二度と出会わないかもしれない瞬間のことを書いているよなあ」と言った。「院内」に直接に関係あるわけではないが、石原さんが諳んじたのはこんな詩だった。

街の喧騒が余の周りを渦巻く中
長身で痩せた一人の女が通りすぎた
喪服につつまれ　悲しみの表情をたたえ
華奢な手で　スカートの裾を直しながら
敏捷で高貴で　彫像のような脚
余は思わず曲芸師のように身をよじり（略）
余は汝の行き先を知らず　汝も余の行方を知らぬ
愛しあえたかも知れない人よ　知らぬ顔に去った人よ

石原さんがフランス語の原書でボードレールを読んでいることを僕は知っている。抒情の人でもあった。こんな話もした。

福永武彦の『草の花』は戦時中の悲恋を描いた小説だが、主人公がついに恋人と再会できず別れも告げられずに出征する。召集地へ向かう夜行列車、品川を過ぎて曇った車窓のガラスをハンカチで拭い顔を寄せて、大森に近い彼女の家の明かりを懸命に探すのだ。その場面が忘れられない、と。

「夜なので地形も分らず、小さなアパートの灯火を認めようとするのはむずかしかった。それは殆ど不可能だった。僕は息を殺していた。しかし僕はそれを認めた。認めたと思った。千枝子の部屋の小さな明りが、一瞬、僕の網膜に焼きついて、流星のように走り去った。そして幾つもの灯火が、後から後からと流れて行った」

実際に僕は夜の新幹線に乗ったとき、ふとこの話を思い出して品川を過ぎた辺りで窓辺に額をあて、一軒のアパートの小さな灯火を凝視してみた。ほんの〇・一秒、確かに認めた。たちまち暗い夜に煌めく無数の灯火の海に紛れて消えた。石原さん曰く「美しい確信への錯覚」を味わってみたのである。

石原慎太郎は見かけで誤解されているが教養人であり、クリエイターだからこそ、自分の言葉による発信力があり、永田町や霞が関では浮いてしまうこともあった。

僕は石原さんから引き継いだ都知事の仕事を心ならずも短期間で辞めた。しばらくして画家で女優の蜷川有紀と婚約したのでそれを伝えるため、田園調布の石原邸を訪問した。

石原さんは、同伴したフィアンセの蜷川有紀と画家同士であることが嬉しくて、奥の部屋からたくさん絵を持ち出してきた。不登校の時代に描いたシュルレアリスム風の作品を収載した画集、最近になって描いた油絵など、誇らしげにまた無邪気に自慢する。

帰り際、石原さんは真顔になって同じ言葉を三回、繰り返した。

ながら。

「猪瀬さん、日本を頼む」

玄関でていねいに頭を下げるのだった。

こうして僕はいま「院内」で、赤絨毯が敷かれた議員席からあの淡い琥珀色のガラスの天井を見上げている。何か少しぐらい「日本」のために貢献できることがあればと思いな

石原さんには『わが人生の時の時』（1990年刊）という四〇の掌篇を一冊にまとめた名作がある。「時の時」は日本語的には聞き慣れない表現だが、ノーマン・メイラーの『彼女の時の時（*The time of her time*）』をヒントにしてつけられたタイトルで、意味を拡大して解釈すれば、予期せずに訪れる得がたい時を過ごすという話だ。

ついこのごろのことである。銀座八丁目の吉井画廊に架かっていたある版画の前で釘付けになった。

太く力強いタッチのジョルジュ・ルオーの版画である。少し老いた男が憂いを込めた眼でじっと前方を見つめている。眼差しは未来を見ているのか過去を見ているのかいっけんわからない。強い視線の焦点はどちらにも向けてあるように見える。

タイトルは、ボードレール詩集の一節から採った「取り返し得ぬもの」、ルオーの「『悪の華』——十四枚の原版画」シリーズの一枚である。

その版画はいま僕の西麻布の仕事場に架けてある。

二〇二二年二月一日、石原さんは八十九歳で静かにこの世を去られた。

人生は取り返し得ぬ出来事に満ちている。石原慎太郎の『わが人生の時の時』のように、いま僕自身はこうして石原さんとの想い出の時を記している。

〔了〕

あとがき

権威主義の国家は命令によって動くから意思決定が早い。やることが正しくても間違っていても、とにかく進む方向は決まる。指揮命令の構造は、ちょうど正方形の布の真ん中を摘んでピラミッド型に持ち上げたように立体的だ。

日本の意思決定は中枢が空洞である。布は拡げられたままで頂点がない。平面的だが、代わりに粗い編目のひとつひとつが相互にひっぱりつつ振動を増幅して伝え合っている。

日本人はマスクが好きである。外を歩く際には外していいとの指針があるにもかかわらず、風が吹いていていても自転車に乗っていてもクルマを運転していてもマスクをしている。コロナ禍におけるマスクは後ろ向きの民主主義のひとつの象徴的な事例で、日本国を覆っている同調圧力がこの数十年の停滞を招いていることは確かなようだ。

日本国に足りないのは停滞した空気を攪拌する価値紊乱の振る舞いであり、求められているのはただの個性ではなく、粗い編目を打ち破るある過剰さである。もちろん知性を持つ過剰さでなければ容易に同調圧力の渦に吸い込まれるであろう。

僕は道路公団民営化で小泉純一郎首相と仕事をした。彼は「変人」であった。石原さんと仕事をしてわかったが彼は「異人」であった。二人とも同調圧力と無縁の「嫌われる勇気」を持つ人だった。生前の石原慎太郎さんに「日本を頼む」と言われたが、その意味はさまざまに解釈できる。本書のテーマに即して述べれば「嫌悪」を掘り下げて勇気をもって偽善と向き合うことだろう。

天才作家・三島由紀夫にとって石原慎太郎の存在感がいかに大きかったか、そこにも気づいていただければと思う。誤解されているが、石原さんは知性の人なのだ。本書を僕の作家評伝三部作『ペルソナ　三島由紀夫伝』『マガジン青春譜　川端康成と大宅壮一』『ピカレスク　太宰治伝』の連作としてお読みいただければありがたい。

石原さんのご逝去の翌日、中央公論新社書籍局の中西恵子氏から電話があり、石原慎太郎の実像を作品論と併せて書くべきではないか、と進言された。そのときはたしかにその義務があるように感じた。本書の執筆の過程で、僕は参議院議員としても仕事をすることになり、ますます石原さんとの因縁は深くなる運命に至った。

DMMオンラインサロン「猪瀬直樹の『近現代を読む』」の会員・楜澤《くるみさわ》悟氏が毎晩のよ

うに西麻布の仕事場に資料整理の手伝いに来てくれ、挙げ句の果ては僕の公設秘書に就くことになりこれも運命である。中西さん、椚澤さん、ありがとう。

二〇二二年十二月

西麻布の寓居にて　猪瀬直樹

参考文献

※『石原愼太郎の文学』全10巻（文藝春秋、2007）所収の作品についてはこれに拠り、その他の作品は実際に参照した単行本、新書、文庫もしくは雑誌を掲載した。
※リストは、各分類ごとに年代順に並べている。

石原慎太郎『価値紊乱者の光栄』凡書房、1958
石原慎太郎『新鋭文学叢書8　石原慎太郎集』筑摩書房、1960
石原慎太郎『昭和文学全集6　石原慎太郎』角川書店、1962
石原慎太郎『石原慎太郎全エッセイ集　孤独なる戴冠』河出書房新社、1966
石原慎太郎『祖国のための白書』集英社、1968
石原慎太郎『スパルタ教育』光文社、1969
石原慎太郎『慎太郎の第二政治調書』講談社、1971
石原慎太郎『対極の河へ』河出書房新社、1974
石原慎太郎『バカでスウェルな男たち』プレジデント社、1984
石原慎太郎『現代史の分水嶺』文春文庫、1990
石原慎太郎『三島由紀夫の日蝕』新潮社、1991
石原慎太郎『法華経を生きる』幻冬舎、1998
石原慎太郎『国家なる幻影　わが政治への反回想』文藝春秋、1999
石原慎太郎『亡国の徒に問う』文春文庫、1999
石原慎太郎『石原愼太郎の文学1　刃鋼』文藝春秋、2007
石原慎太郎『石原愼太郎の文学2　化石の森』文藝春秋、2007
石原慎太郎『石原愼太郎の文学3　亀裂／死の博物誌』文藝春秋、2007

参考文献

石原慎太郎『石原愼太郎の文学４　星と舵／風についての記憶』文藝春秋、２００７

石原慎太郎『石原愼太郎の文学５　行為と死／暗殺の壁画』文藝春秋、２００７

石原慎太郎『石原愼太郎の文学６　光より速きわれら／秘祭』文藝春秋、２００７

石原慎太郎『石原愼太郎の文学７　生還／弟』文藝春秋、２００７

石原慎太郎『石原愼太郎の文学８　わが人生の時の時』文藝春秋、２００７

石原慎太郎『石原愼太郎の文学９　短篇集Ⅰ　太陽の季節／完全な遊戯』文藝春秋、２００７

石原慎太郎『石原愼太郎の文学10　短篇集Ⅱ　遭難者』文藝春秋、２００７

石原慎太郎『生死刻々』文藝春秋、２００９

石原慎太郎『私の好きな日本人』幻冬舎新書ゴールド、２００９

石原慎太郎『オンリー・イエスタディ』幻冬舎文庫、２０１０

石原慎太郎『新・堕落論　我欲と天罰』新潮新書、２０１１

石原慎太郎『歴史の十字路に立って　戦後七十年の回顧』ＰＨＰ研究所、２０１５

石原慎太郎『男の粋な生き方』幻冬舎文庫、２０１８

石原慎太郎『あるヤクザの生涯　安藤昇伝』幻冬舎、２０２１

石原慎太郎『「私」という男の生涯』幻冬舎、２０２２

石原慎太郎『男の業の物語』幻冬舎文庫、２０２２

石原慎太郎『絶筆』文藝春秋、２０２２

石原慎太郎、野坂昭如『闘論　君は日本をどうするのか』文藝春秋、１９７５

盛田昭夫、石原慎太郎『「ＮＯ」と言える日本　新日米関係の方策』光文社、１９８９

石原慎太郎、江藤淳『断固「ＮＯ」と言える日本』光文社、１９９１

石原慎太郎、田原総一朗『勝つ日本』文春文庫、２００２

石原慎太郎、瀬戸内寂聴『人生への恋文』世界文化社、２００３

石原慎太郎企画・監修『もう、税金の無駄遣いは許さない！　都庁が始めた「会計革命」』ワック、2006
三島由紀夫、石原慎太郎『三島由紀夫　石原慎太郎全対話』中公文庫、2020
石原典子『妻がシルクロードを夢みるとき』学習研究社、1979
石原典子『君よ　わが妻よ　父 石田光治少尉の手紙』文藝春秋、2010
石原裕次郎『わが青春物語』マガジンハウス、1989
石原光子『おばあちゃんの教育論』ごま書房、1986
石原良純『石原家の人びと』新潮社、2001
福田和也『石原慎太郎の季節』飛鳥新社、2001
工藤美代子『石原慎太郎の連隊旗』ワック、2006
森元孝『石原慎太郎の社会現象学——亀裂の弁証法』東信堂、2015
栗原裕一郎、豊﨑由美『石原慎太郎を読んでみた』原書房、2013
栗原裕一郎、豊﨑由美『石原慎太郎を読んでみた入門版』中公文庫、2018
中島岳志『石原慎太郎　作家はなぜ政治家になったか』NHK出版、2019
江藤淳『石原慎太郎・大江健三郎』中公文庫、2021
大下英治『石原慎太郎伝』MdN新書、2022
『石原慎太郎と日本の青春』文春ムック、2022
舛田利雄総監修『石原裕次郎　そしてその仲間』芳賀書店、1983
佐藤利明『石原裕次郎　昭和太陽伝』アルファベータブックス、2019
三島由紀夫『鏡子の家』新潮文庫、1964
三島由紀夫『尚武のこころ　三島由紀夫対談集』日本教文社、1970
三島由紀夫『三島由紀夫全集　第29巻』新潮社、1975
三島由紀夫『三島由紀夫全集　第31巻』新潮社、

１９７５
三島由紀夫『小説家の休暇』新潮文庫、１９８２
三島由紀夫『裸体と衣裳』新潮文庫、１９８３
三島由紀夫『太陽と鉄』中公文庫、１９８７
三島由紀夫『荒野より 新装版』中公文庫、２０１６
三島由紀夫、佐藤秀明編『三島由紀夫スポーツ論集』岩波文庫、２０１９
田坂昂『増補　三島由紀夫論』風濤社、１９７７
安藤武『三島由紀夫「日録」』未知谷、１９９６
中条省平編『三島由紀夫が死んだ日』実業之日本社、２００５
岩下尚史『ヒタメン　三島由紀夫が女に逢う時…』雄山閣、２０１１
岩下尚史『見出された恋　「金閣寺」への船出』文春文庫、２０１４
猪瀬直樹『ミカドの肖像』小学館、１９８６
猪瀬直樹『土地の神話』小学館、１９８８
猪瀬直樹『ペルソナ　三島由紀夫伝』文藝春秋、１９９５
猪瀬直樹『マガジン青春譜　川端康成と大宅壮一』文春文庫、２００４
猪瀬直樹『ピカレスク　太宰治伝』小学館、２０００
猪瀬直樹『小論文の書き方』文春新書、２００１
猪瀬直樹『東京の副知事になってみたら』小学館新書、２０１０
猪瀬直樹『言葉の力』中公新書ラクレ、２０１１
猪瀬直樹『決断する力』ＰＨＰビジネス新書、２０１２
猪瀬直樹『解決する力』ＰＨＰビジネス新書、２０１２
猪瀬直樹『民警』扶桑社、２０１６
猪瀬直樹『昭和23年冬の暗号』中公文庫、２０２１
ボーヴォワール、室淳介訳『サドは有罪か』新潮社、１９５４
福永武彦『草の花』新潮文庫、１９５６
進藤純孝『ジャアナリスト作法　編集者の告白』角川書店、１９５９

遠藤周作『白い人・黄色い人』新潮文庫、1960
江藤淳『発言――シンポジウム』河出書房新社、1960
大江健三郎『厳粛な綱渡り』文藝春秋、1965
吉行淳之介『私の文学放浪』講談社、1965
橋川文三『現代知識人の条件』徳間書店、1967
アルベール・カミュ『カミュI　新潮世界文学48』新潮社、1968
江藤淳『江藤淳著作集続3　人間・表現・政治』講談社、1973
伊藤整『伊藤整全集第24巻　随筆』新潮社、1974
藤原てい『流れる星は生きている』中公文庫、1976
吉行淳之介『鞄の中身』講談社文庫、1978
V・ジャンケレヴィッチ、仲沢紀雄訳『死』みすず書房、1978
フランソワ・トリュフォー、山田宏一・蓮實重彥訳『わが人生　わが映画』たざわ書房、1979
伊藤整『変容』岩波文庫、1983
川上源太郎『現代を救う岡田茂吉』講談社、1985
五木寛之『旅の幻燈』講談社文庫、1990
佐藤忠男『日本映画史第2巻』岩波書店、1995
浅見淵『昭和文壇側面史』講談社文芸文庫、1996
斎藤美奈子『妊娠小説』ちくま文庫、1997
瀬戸内寂聴『つれなかりせばなかなかに』中公文庫、1999
マルロー、渡辺淳訳『王道』講談社文芸文庫、2000
関川夏央『昭和が明るかった頃』文春文庫、2004
新田次郎『小説に書けなかった自伝』新潮文庫、2012
関川夏央『昭和三十年代演習』岩波書店、2013
中澤雄大『角栄のお庭番　朝賀昭』講談社、2013
竹内洋『革新幻想の戦後史　上・下』中公文庫、2015
細江英公『薔薇刑　細江英公寫眞集』丸善、2015

岡本太郎『自分の中に毒を持て　新装版』青春文庫、２０１７
平山周吉『江藤淳は甦える』新潮社、２０１９
牛島信『身捨つるほどの祖国はありや』幻冬舎、２０２０
竹倉史人『土偶を読む――１３０年間解かれなかった縄文神話の謎』晶文社、２０２１
佐野貴司、矢部淳、齋藤めぐみ『日本の気候変動５０００万年史』講談社ブルーバックス、２０２２

雑誌

「文學界新人賞」規定発表、「文學界」１９５４年12月号
石原慎太郎「取り返せぬもの」、「新女苑」１９５５年11月号
遠藤周作「『太陽の季節』論――石原慎太郎への苦言」、「文學界」１９５５年11月号
浅見淵「同人雑誌評」、「文學界」１９５５年４月号
戸田順三「傀儡」、「文學界」１９５５年４月号
石原慎太郎「太陽の季節」、「文學界」１９５５年７月号
文學界新人賞第二回発表　選後評、「文學界」１９５５年７月号
「はがき短評」、「文學界」１９５５年８月号
石原慎太郎「冷たい顔」、「文學界」１９５５年９月号
文學界新人賞第三回発表　選後評、「文學界」１９５５年10月号
「文學界新人賞　決定発表」、「文學界」１９５６年１月号
石原慎太郎「奪われぬもの」、「文學界」１９５６年２月号
「文學界」、「文學界」１９５６年３月号
「芥川賞選評」、「文藝春秋」１９５６年３月号
「新人の季節」、「文學界」１９５６年４月号
石原慎太郎、岡本太郎「訪問・岡本太郎」、「美術手帖」１９５６年５月号
石原慎太郎他「超現代派の快楽観」、「中央公論」１９５６年４月号
三島由紀夫「ボディ・ビル哲学」、「漫画読売」１９５６年９月20日号
石原慎太郎「ベトナム48時間の平和―誰のため何の

ため」、「週刊読売」１９６７年1月13日号
石原慎太郎「亡国の恐ろしさ」、「週刊読売」１９６７年1月20日号
石原慎太郎「三百万票の意味を考える」、「文藝春秋」１９６８年9月号
「守るべきものの価値」、「月刊ペン」１９６９年11月号
石原慎太郎「三島由紀夫への弔辞」、「週刊現代」１９７０年12月10日号
「開戦四十周年を想うアンケート　私と太平洋戦争」、「文藝春秋」１９８１年12月号
石原慎太郎「裕さんよ、さらば」、「文藝春秋」１９８７年9月号
猪瀬直樹「戦後を終わらせた作家とエコノミストの人生」、「文藝春秋」１９９５年12月号
「同年同月同日生まれの初対談『自力』か『他力』か」、「文藝春秋」１９９９年6月号
石原慎太郎「芥川賞と私のパラドクシカルな関係」、「文學界」２０１４年3月号
「特集　石原慎太郎」、「ユリイカ」２０１６年5月号
「石原裕次郎　太陽の男」、「別冊宝島」２０１７年8月
石原慎太郎「僕たちの時代」、「文學界」２０２０年6月号
「映画にかけた夢　石原プロモーション58年の軌跡」、「週刊朝日ＭＯＯＫ」２０２０年12月
石原慎太郎「三島由紀夫の『滑稽な肉体信仰』」、「文藝春秋」２０２０年12月号
「追悼＝作家・石原慎太郎」、「週刊読書人」２０２２年3月11日
「追悼特集　石原慎太郎」、「月刊Ｈａｎａｄａ」２０２２年4月号
藤原正彦「生意気な小僧だよ　古風堂々・三十五」、「文藝春秋」２０２２年4月号
石原慎太郎「死への道程」、「文藝春秋」２０２２年4月号
五木寛之「石原さんと僕、交わらなかった二筋の道」、「中央公論」２０２２年4月号

ウェブサイト

ムービーウォーカープレス「二十歳の恋　１９６３

年4月公開」https://moviewalker.jp/mv13145/
Japan-In-depth「「石原さんとの私的な思い出」1－6」https://japan-indepth.jp/
じんぶん堂「皇太子夫妻に石を投げた少年と出会い、石原慎太郎は何を語ったか　大塚英志『感情天皇論』より」https://book.asahi.com/jinbun/article/13860262
サイゾーPremium「石原慎太郎の死と文学世界(1)－(3)」https://www.premiumcyzo.com/modules/member/2022/04/post_10508/
wikipedia　https://ja.wikipedia.org/wiki/
石原慎太郎公式サイト　https://www.sensenfukoku.net/

本書は書き下ろしです。

猪瀬直樹（いのせ・なおき）
1946年長野県生まれ。作家。87年『ミカドの肖像』で大宅壮一ノンフィクション賞を受賞。96年『日本国の研究』で文藝春秋読者賞受賞。東京大学客員教授、東京工業大学特任教授を歴任。2002年、小泉首相より道路公団民営化委員に任命される。07年、東京都副知事に任命される。12年、東京都知事に就任。13年、辞任。15年、大阪府・市特別顧問就任。主な著書に『天皇の影法師』『昭和16年夏の敗戦』『黒船の世紀』『ペルソナ　三島由紀夫伝』『ピカレスク　太宰治伝』のほか、『日本の近代　猪瀬直樹著作集』（全12巻、電子版全16巻）がある。近著に『日本国・不安の研究』『昭和23年冬の暗号』など。2022年から参議院議員。

太陽《たいよう》の男《おとこ》　石原慎太郎伝《いしはらしんたろうでん》

2023年 1月25日　初版発行

著　者　猪《いの》瀬《せ》直《なお》樹《き》
発行者　安 部 順 一
発行所　中央公論新社
〒100-8152　東京都千代田区大手町1-7-1
電話　販売 03-5299-1730　編集 03-5299-1740
URL　https://www.chuko.co.jp/

ＤＴＰ　今井明子
印　刷　大日本印刷
製　本　小泉製本

Published by CHUOKORON-SHINSHA, INC.
Printed in Japan　ISBN978-4-12-005619-2　C0036